张小娴　经典作品

Be Yourself then Be Loved

后来我学会了
爱自己

湖南文艺出版社
HUNAN LITERATURE AND ART PUBLISHING HOUSE

博集天卷
CS-BOOKY

我们爱过一些人，互相影响，互相改变，

一天，纵使分开了，

那些改变和影响却永远留在自己身上，比爱情还要长久。

无论如何，我们已经没法变回当天的自己了。

不管你爱过多少人，不管你爱得多么痛苦或快乐，

最后，你不是学会了怎样去恋爱，而是学会了怎样去爱自己。

Contents

目 录

Chapter

01

第一章
严选爱慕者

Be Yourself then Be Loved

Be Yourself then Be Loved

Contents

目　录

Chapter

第二章

优雅的追求

02

Contents

目 录

Chapter

03

第三章

女人的修炼

Be Yourself then Be Loved

Be Yourself then Be Loved

Contents

目 录

Chapter

第四章

和潜力恋爱

04

Contents

目录

Chapter

05

第五章

爱的机遇

Be Yourself then Be Loved

◇
——

付出的过程，也是一种享受，
你忘了为他付出的时候，
你是多么快乐和自我膨胀的吗？何必事后追悔？

即使恋爱还没来临，你也要开始装备自己，
使自己有值得爱的条件和智慧。

Chapter

01

—— 第一章 ——

严选爱慕者

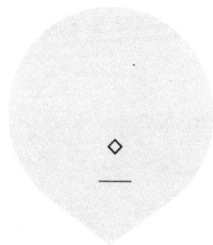

爱情是一个人的事。

我们用爱情来成就自己。

你懂得选择，因为你已经走过很多的路。

怎见得你爱我？

女人问男人："怎见得你爱我？怎见得你对我好？"

男人说："有事发生的时候，你会知道我对你好。"

什么？要等到有事发生才知道你对我好？

那么平时又怎样？类似电影《泰坦尼克号》的故事发生在我们身上的概率有多少？又有多少对男女会经历生关死劫？

也许，女人这一辈子也没机会知道男人有多爱她。男人纵使多么爱一个女人，假使她一辈子都很平安，他就没有机会表达。

每次听到男人说"有事发生的时候，你会知道我对你好"这句话时，我总有点遗憾。为什么一定要等到有事发生？男人观察一个女人是否可以跟他同甘共苦，也不是等自己有困难才知道的。

等到有事发生，已经太迟了。男人平时就该对女人好，让她觉得他很爱她，让她觉得幸福。暂且不要说将来，现在对我不好，将来怎样好也是没用的。也许你这辈子也没机会用身体为我挡住一辆冲过来的汽车，也许你一辈子也没机会用你毕生积蓄把我从绑匪手上赎回来，我更不愿意我遭逢不幸而你不离不弃。

你平时就该对我好。有事发生的时候，你要对我更好。

爱情是一个人的事

年少时，曾经以为，爱情是两个人的事，甚至是三个人、四个人的事。后来才明白，爱情是一个人的事。

我们用爱情来成就自己。

我们爱过一些人，互相影响，互相改变，一天，纵使分开了，那些改变和影响却永远留在自己身上，比爱情还要长久。无论如何，我们已经没法变回当天的自己了。

不管你爱过多少人，不管你爱得多么痛苦或快乐，最后，你不是学会了怎样去恋爱，而是学会了怎样去爱自己。

我们透过爱情来自我完成。

我们从来没有自己所以为的那么爱一个人。我们追寻爱，只是寻找遗落在某个地方的自己。我们因为爱人和被爱而了解自己。那些被我们爱过的人，只是孕育我们的人生。

有一天，我不得不承认，我可以不爱任何人。我最爱的，只有我自己。

爱是不自由的，只有在自我完成的时候，才会自由。

爱一个男人的时候，我巴不得把他吞进肚里去，从子宫直到心房，永不分离。可是，有一天，我却又想把他吐出来。我已经自我完成了，把他吐出来，才可以还他自由，也还我自由。

当你把质料放在第一位……

当你买衣服时，把衣服的质料放在第一位，那就证明你进步了，同时，你也老了。

年轻人会把衣服的款式放在第一位，只要款式好，质料是可以牺牲的。况且，质料愈好，代表价钱愈贵，买一件衣服的价钱等于买三件，好的质料，别人不一定看得出来，只有自己感觉得到，这样看来，实在不划算。我们宁愿多买几件衣服，也不要老是穿着同一件衣服，质料好有什么用？你不可能叫人家摸摸你身上的衣服。

把款式放在第一位，好比把男人的外表放在第一位。

我们总是嫌某某长得很丑，才不理会他有没有内涵。我们迷恋那些长得好看的男人，反正每个男人都是花心的，不如选个长得帅的。

我们喜欢那些擅长说甜言蜜语的男人。笨拙的男人，我们才看不上眼。

手上有大把青春的时候，我们选的是款式。

然后，有一天，你终于发现，质料比款式永恒。穿一件质料不好的衣服，是跟自己的皮肤过不去，款式再好，质料太劣了，也是一件九流货色。在质料和款式之间，若要牺牲其中一样，你会牺牲后者。你懂得选择，因为你已经走过很多的路。

他其实没那么爱你

你爱的那个人爱不爱你，你心中有数。可是，人都难免自欺，一头栽进爱情里的时候，忽然就变成弱视，不肯承认他其实没那么爱你。但是，这些事实明明都摆在眼前：

他只会在想见你的时候才打电话给你。大部分时间，都是你主动找他。

他跟你见面，主要是在床上，你很少在白天见到他。

半夜三更，他还是会让你自己回家，而不是送你回家。

他从来不说爱你。

即使他说爱你，也只是两个人在床上不穿衣服时偶然对你说过。

已经交往好几年了，他不愿意见你的朋友和家人。

他不愿意带你回家见他的家人。

他从来不跟你说家里的事。

他不让你认识他的朋友。

他答应你的事情，从来不去做。

万样事情，总是你迁就他。

他从来不会称赞你。

两个人在街上吵架的时候，他会掉头而去，狠心把你丢在街上。

每次吵架之后，通常是你首先向他道歉。

你对他发脾气，他会对你发更大脾气。

事实上，你根本不敢对他发脾气。

你哭的时候，他并不心疼，也不紧张，更不在乎。

你生病的时候，他出去玩。

他很清楚地表示，他是不会结婚的。

他虽然没有说不会结婚，但是每当你在他面前提起"将来""永远""承诺"等等这些字眼，他都装作没听到。

每个受过情伤的女孩子，大概都可以说出比以上更多的例子，告诉你，当一个男人这么对你，他其实没那么爱你。

是的，他其实没那么爱你，只是你还舍不得像他一样狠心，撇下他掉头而去。

有时候，你会发现，没那么爱一个人是不快乐的，但是，能够狠心是多么棒啊！

如果没有了自己

你问：

"如果只有爱情，没有了自己，会不会太沉重？"

如果只有爱情，没有了自己，那不是沉重，也不是轻。那是空白。

爱情开始的时候，我们也许都伪装过，想要成为对方心中的那个人，想要把自己变得比原本美好些，迷人些，使自己看上去更值得爱。

但是，这段日子很快就会过去。我们都是纯真的小狐狸，那根笨拙的尾巴没多久就露出来了。

他终究会看到原本的我。许多年后的一天，他会牵着我的手，笑着投诉：

"当初被你给骗了啊！"

我也会说：

"是你骗了我呢！"

而其实，我们都知道，爱情开始的时候就是这样。

谁不曾为了获得爱情而稍稍美化自己？也稍稍美言自己？那是求爱的本能，动物尽皆如此。

然而，你不可能一直收起真正的自己来迁就对方。

一个爱你的人，是爱你原本的样子。美貌会过去，青春会溜走，只有当他爱的是原本的你，才会长久。

　　没有一段爱情值得你为之失去自己。

　　要是没有了自己，你还能用什么去爱人和被爱？

　　如果只有爱情，没有了自己，那是卑微的空白，你终究还是会失去那段没有自己的爱情。

我想你爱上我

女人打扮得漂漂亮亮，跟你约会，不一定就是喜欢你，她只是想让你喜欢她。

男人以为女人悉心打扮一番来见他，一定是对他有意思。这种想法太一厢情愿了。即使没有男人，我们还是会打扮的。即使我很讨厌一个男人，我还是会刻意地打扮，让他恨得心痒痒的。因为，他是永远不会得到我的，他没资格。

如果是跟自己心仪的男人约会，我们当然会非常努力地打扮，目的是要在他心中留下一个美好的印象。

初次约会，不知道自己会不会爱上对方，这样的话，也不可以松懈，我想他爱上我，我会不会爱上他，是我的事。他爱上我，而我不爱他，他也不会忘记我是这么美丽。我拒绝他的时候，他也会觉得凄美一点。毕竟，他是被一个漂亮的女孩子拒绝的。

A告诉我一件趣事。一个男人约会了她好几次。最后一次，她在电话里坦白地告诉他，她认为他们没有发展的可能。那个男人很不甘心地说：

"如果对我没意思，为什么每次约会你都打扮得那么漂亮？"

打扮得漂亮，只是要吸引你，不是喜欢你。女人都希望证实一下自己的魅力，然后，让你得不到。

你也可以不喜欢他

A 小姐暗恋某君，心里很痛苦，她问：

"有什么方法可以不喜欢他？"

要不喜欢一个人太容易了。喜欢一个人，要忘记他的缺点，只记着他的优点。不喜欢一个人，则刚好相反，要忘记他的优点，只记着他的缺点。

见到他时，尽量在他身上找缺点，譬如他鼻孔朝天、皮肤粗糙、斜肩、不修剪指甲、走路姿势不好看。挑出他的缺点之后，还要把他的缺点扩大。

见不到他时，也尽量想他的缺点，譬如他没有房产、没有储蓄、赚钱不多、爱花钱、短命、笑起来很难看，诸如此类。

每一次想念他，首先要把他的缺点扩大，你会逐渐发觉，这个男人其实不是太好，他配不起你。

你把一个人想象得太好，而得不到他，徒使自己痛苦，与其如此，不如把他贬低。把他贬低也未必是错，在你得到一个人之前，你总是以为他很好，他的缺点你都看不到，但得到之后，你会发现，他也不过是个普通人。许多怨偶，都是曾经把对方想象得太好。

A 问："喜欢一个人容易，还是不喜欢一个人容易？"

当然是不喜欢一个人容易。

独居的难关

单身独居的男女，最难过的一关是生病。

无论他们多么享受独居的生活，一旦生病，可怜兮兮地一个人躺在床上，没人照顾，没人问候，他们不免重新怀疑，独居是否幸福。

一个离婚的女人，坚强地重新站起来，开始独居生活，她有房有车，生活不成问题，在健康的时候，她以为自己不需要男人。一天，她病倒了，伤风感冒，头晕眼花，断断续续地病了一个月，终于在午夜梦回的时候忍不住躲在被窝里号哭。

原来在你生病的时候，一声来自伴侣的慰问，在孤独的时刻，是那么令人缅怀而又不可得。

单身独居的男人，一向自命潇洒，在他生病，躺在家中那张特意为单身生活而买的单人床上时，他最想吃的，竟是从前女朋友煲的一碗皮蛋瘦肉粥。

单身未婚的女人，何尝不是在生病时觉得分外凄苦？有一个男人在身边，甚至在电话旁边，至少可以嗲一下，至少也有人倒一杯水给你服药。

对独居者来说，小病不是福，而是考验。人在世上是旅客，旅途艰难，在旅途上生病，也最是凄苦。独居者终于接受同居或愿意结婚，也许不是由于爱，而是由于害怕死亡和老去。

跟自己厮守

以前的婚姻比较长久，没有那么多人离婚，会不会是因为以前的人寿命比较短？

所谓一世夫妻，也许只是三十年到四十年的夫妻。一生一世的期限，很快就到了。即使对伴侣不满意，也会忍耐一下，三十年，一下子就过去了。到了五十岁，纵使对这段婚姻有诸多不满，想到自己已经差不多油尽灯枯，也会忍下去。

今天医学昌明，一个人活到八九十岁也不出奇。所谓一世夫妻，不再是三四十年，而是五六十年。是五六十年呢，怎甘心忍受下去？人到了五十岁，还是年轻得很。五十岁的男人和女人还可以去寻找爱情，他们还有三四十年的人生。既然如此，不如了结一段不如意的婚姻，从头来过。

我们的上一代，到了五十岁，怎会想到还可以从头来过？

我们这一代，毕竟比较幸福。然而，我们也有我们的悲哀。以前所谓长相厮守，顶多是三四十年，如今的长相厮守，说的是五六十年。一个承诺要守五六十年，爱一个人要爱五六十年，谁敢保证自己做得到？

今天的长相厮守，只是尽力而为而已。

最安全和最合时宜的方式，还是跟自己厮守。

究竟爱到什么程度?

男人说了"我爱你",女人不一定会热泪盈眶拥抱他,女人也许会问:"你说爱我,那么究竟爱到什么程度?"

什么程度?这是很难回答的。

说"比天还要高,比海还要深",笨蛋才会相信你。

说"你是我这一辈子最爱的女人",问题并不会解决,"最爱"是什么程度?

男人说:"是危险程度了。"女人会感动得立刻追问:"危险到什么程度?"

爱不是一个数字,不能说"已经达到一百分",或者说"就像'华氏定理'一样永恒"。

爱到什么程度,也许只能打个譬喻。

爱你的程度,就像女人与丰胸内衣,一旦遇上了,就永远不能没有。

爱你的程度,就像男人与权力,永远不能分开。

爱你的程度,就像茶叶和水,没有水,茶叶就很寂寞。

爱你的程度,就像牛油和面粉。牛油和面粉共同努力,才可以做出蛋糕。

爱你的程度,就像双脚和鞋子,一生相依。

我不想像你这样

过了适婚年龄而又单身的女人，最怕被人追问什么时候结婚。

至亲和好朋友的追问，是出于关心。他们认为女人始终要有个归宿，他们担心你的幸福。至于那些无关紧要的人的追问，却是很讨厌的。

有些亲戚，你两三年才见她一次，你根本搞不清她是伯公的干妹妹还是八姑母的外甥女。她们早已嫁人了，婚后不工作，生了孩子之后又不减肥，嗜好是看电视连续剧和报章娱乐新闻，常常担心丈夫变心。她们看到你，总是喜欢在你父母面前问你：

"哎，你什么时候请我吃嫁女饼啊？"

不结婚有罪吗？

这些无关紧要的人，还包括一些普通朋友和普通同事。她们在办公室里一般都没有什么贡献，准时上班下班，不肯加班。她们最爱谈论的话题是丈夫、子女、电视剧内容、娱乐新闻和人家的私生活，要不就相约打麻将和开派对。到了圣诞节和除夕这些日子，她们会很怜惜地问你：

"你为什么还不结婚？"

你真的想知道理由吗？我告诉你吧，因为我不想像你这样过一生。

过　客

有一次，我问一个女孩子："你是不是跟 ×××一起？"

她冷笑一声："他不算数，他不过是过客而已。"

她曾经和这个男人出双入对，一起去旅行，不过是几个月前的事罢了。她竟说他是个过客。

有很多事情我们都想不算数，但是，一个曾经跟你上过床的男人，无论如何不能不算数吧？

想不算数，可能是他太差劲了，实在不想承认他，又不想承认自己糊涂，不如说他是个过客。过客比较浪漫一点，人在世上就是过客。

一个女人的生命里，有一个过客，并不为过。

男人并不介意做过客，他只是偶然停留在一个女人生命里的某一个时刻，得享温柔，然后不需要负任何责任。这种过客，谁不愿意做？

另一种过客比较苍凉，他爱着一个女人，想停留在她的生命里，女人却只让他做过客。男主人出现了，过客便要离开。

女人最好不要有太多过客，过客太多，自己岂不是变成客栈？

不速之客则无妨，有不速之客，证明你有魅力。

永远也不要回头

许多女孩子都遇过这种情形——她本来已经有一个要好的男朋友，后来，她结识了另外一个男人，她瞒着男朋友跟他来往，一脚踏两船。这件事给男朋友发现了，他像疯了似的，哀求她回到他身边，他不惜一切讨好她，他在她面前哭，在她家楼下通宵达旦等她，他去找情敌晦气，他重新追求她，并答应改过，又许下许多承诺，譬如"我们结婚"之类。女人最后被感动了，回到他身边。刚回到他身边时，两人感情比以前更好，他对她千依百顺，然而，过了一段日子之后，这个男人又变得跟从前一样。

女人埋怨男人总是在危机出现时才会紧张她。可知道男人所受的训练正是负责处理危机？没有危机，男人就没有生存的意义。

男人把女朋友从第三者手上抢回来，是打了一场胜仗，出了一口气。仗已经打完，高潮已过，他意兴阑珊，并且开始埋怨，挑起这场战争的是女人，首先不忠的是这个女人，他不会再相信她。

假使她在这次风波之后比以前更爱他，他便会更看不起她。万一她再有第三者，他又会重复上次的行径，然后又故态复萌。

有过第三者的女人，永远不要回头，你一回头，身价就大跌了。有勇气离开一个门口，也要有不回头的勇气。

你就相信吧

一个二十岁的女孩子爱上一个比她大十八年，离过婚，有两个孩子的男人。他曾说自己深深地爱着她，更要求她跟他住。可是，四个月后，他提出分手。他说她太年轻了，并不适合他。他现在回到旧女朋友的身边。

分手的时候，他说自己绝对不会消失，当她失意的时候，他一定会在她身边。然而，她昨天收到他的电邮，他说大家还是不要再联络好了。

她很伤心，她的所有朋友都跟她说这个男人是玩弄她，他根本不爱她。但她说，她肯定他是爱过她的。她从他看她的眼神里感觉到他的爱。难道她不应该相信自己的感觉吗？

既然如此，你就相信吧。

他有没有爱过你，对你的朋友一点都不重要，对你却很重要。那你为什么不相信自己？相信自己被爱过，总比相信自己被人玩弄感情好。

哪一样比较快乐，你就相信吧。

这段爱情是你的，只有你有权去说这是真爱还是假爱。你有权怀抱甜蜜的回忆坚持他爱过你，只是他爱得太短暂罢了。

今天，你尽管相信吧。当你再大一点，也许你会开始怀疑他曾否真心爱过你，但这有什么关系呢？也许，那时你已经不爱他了。

冷漠的人清醒

很多年前，有一个人跟我说："不要怨恨冷漠的人，他冷漠，因为他清醒。"那时候，我不认为做人应该那么清醒。

一次，看一本写女人如何复仇的书。作者说，对付一个对你不忠的丈夫，最残忍的不是趁他熟睡时把他阉割，让他一觉醒来，发现自己那话儿不见了。最残忍的是把他四肢缚起来，让他清醒地看着自己被阉割。

清醒的人是痛苦的。可惜，人愈大，便愈来愈清醒。

你清醒地知道那个人是否适合你。

你清醒地知道他是否一个能够跟你共度余生的人。

你清醒地告诉自己，算了吧，不要爱上他。

你清醒地计算代价，然后考虑自己是否付得起这个代价。

你清醒地不容许自己将来后悔。

你清醒地知道激情火花和恩情道义的分别。

你清醒地看到你和他顶多只可以维持三年，那已经是最好的结果了。

你能够清醒地控制自己的欲念，你知道自己在做什么。

很多人喜欢"难得糊涂"这四个字，一刻的糊涂，不过是自我放纵，并不难得。糊涂之后，怎样收拾残局，那才是难事。那么，不如清醒一点。

鞠躬离场，微笑道别

凡事做到得体，似乎是最难的。

得体就是要大家都开心。要自己开心并不难，要别人也开心，却一点也不容易。委屈自己来成全别人，这太伟大了。占尽别人便宜，这又太过分。他开心，你也开心，这才得体。

拒绝别人的时候，如何拒绝得十分得体，也是学问。朋友要你帮忙，你不想帮这个忙，但是一口拒绝他，他会觉得你太不够朋友。你煞费思量，想出一些很得体的理由来拒绝他。他虽然被你拒绝了，却仍然喜欢你。

对着你不喜欢的人，你特别要得体一点。尖酸刻薄，不错，是可以让你一泄心头之愤，但是你个人的层次立刻就降低了。你愈不把他当一回事，他反而愈难受。

下台的时候，更要得体一些。下台不是问题，下台之后含血喷人，就很难看了。这种人的教养一定很有限。

在情场上，更要尽量得体。你喜欢别人，别人不喜欢你，不要死缠烂打，也不用骂他没眼光，鞠躬离场，微笑道别。走得那么得体，他将来一定会想念你。你爱的人变了心，你为自己争回一口气的唯一方法，就是跟他合作，立刻离开他，千万别让他看到你吐血。所谓得体，就是有许多话不必说尽，有许多事不必做尽。

再过一万年之后

对于死缠烂打，无论如何也不肯死心的追求者，你唯有老实地告诉他：

"再过一万年之后，我还是不会爱上你。"

好了吧？死心了吧！是你逼我说出这么残忍的话的。

假使对方还是说："不，你再考虑一下吧。"那么，你只好说："对，我收回刚才说的话。我想说，再过一百万年之后，我还是不会爱上你。"

我不可以阻止你爱我，但是我告诉你，你的爱只会石沉大海。

有些事情是不可以勉强的。你爱一个人，他不爱你，不代表你不可爱，不代表你不好，只能代表他不爱你而已。恋爱是双程路，单恋也该有一条底线，到了底线，就是退出的时候。这条路行不通，你该想想另一条路，而不是在路口徘徊。这里不留人，自有留人处。你怎么知道自己不会遇上更好的？

不用等到一万年，也许，一年之后，你已经找到一个更好的了。有些人是你一辈子也不会爱上的，也有些人是一辈子也不会爱上你的。有人不爱你，这很正常，难道所有人都爱你吗？他不爱你，再过一万年之后也不爱你，你为什么还要为他痴迷，为他流泪？醒醒吧。

没有你，我也可以过日子

当你一个人在家里很写意地看书、听音乐或是吃东西时，你忽然发觉，其实你一个人也可以过日子，何必要为爱情烦恼？

是的，一个人也可以过日子。只是，一个人过日子过得太久了，你又会希望过一些两个人的日子。

女孩子说，她跟一起三年的男朋友吵架，大家冷战了两个星期，她首先按捺不住打电话给他，问他："你为什么不找我？"

他很坦白地告诉她，这两个星期他过得很写意。他甚至觉得，没有她，他也可以生活。

她很伤心。现在，他们仍然像吵架前一样，过着情侣的生活，但她很介意知道，没有她，他也可以一个人过日子。

没有了谁，我们都可以过日子。问题是，这些日子是否过得幸福。

即使你很爱一个人，你也需要喘息，也想找一两天独个儿过日子。唯一的分别是，你爱这个人的话，你不会坦白地告诉他，没有他，你也可以过日子。你会向他撒谎，告诉他，没有他，日子不知怎么过。

对付这种爱说自己可以一个人过日子的男人，最好就是让他知道，你比他更可以一个人过日子。

为了脱离某种生活

有些女孩子是为了脱离现在的生活而结婚的。

厌倦了恋爱的生活，不如结婚吧。

想搬出来住，一个人又负担不起租金，不如结婚吧。

事业没有什么发展，现在的生活太平淡，不如结婚吧。

不知道将来还会不会和他一起，那么，不如现在就跟他结婚吧，以后不用再三心二意。

然而，结婚之后，并没有脱离结婚之前的生活。

对方并没有为你而改变，他仍然像婚前一样，甚至糟糕一点。

结婚之后，事业依然没有什么起色。由于已经结婚，更感到自己的竞争力和吸引力比不上那些单身女人。

为了脱离某种生活而结婚，结果却掉进另一种生活里。原来，结婚并不刺激，也没能力把平淡变成精彩。

想改变现状，还是要靠自己，而不是把别人拉下水。

想脱离目前的生活，去读书比去结婚也许更有效。

你改变了自己，你的智慧增长了，看到新天新地，才有机会脱离现状。

想改变，不要去结婚。厌倦了改变，才好去结婚。

若即若离

发展心理学家指出女性是天生不忠的。大家可能以为丈夫精子的数量要视距离上次性交的时间有多久而定，然而，发展心理学家的研究显示，更重要的决定因素是多久没有与配偶见面。一个一周以来没有性交的男子，如果他的妻子是出外公干，他所产生的精子数量会较他的妻子患感冒待在家里为高。那就是说，真正起着决定作用的是女性是否有找寻其他对象的机会。她愈有机会从其他男性身上"收集"精子的话，她的配偶便愈大量榨出自己的。自然淘汰设计如此精密的武器，证明了这件武器要对付的敌人是女性的不忠。

这个理论没有使我相信女性比男性不忠，相反，揭示了男性比女性更没有安全感。男性想跟女性亲热，并不单单为了爱情，也不是因为思念，而是要战胜其他对手，独占女性。而更重要的，是这个研究启示女性，要令男人爱你，最重要的并不是朝夕相对，而是若即若离。

当女人可以找寻其他对象的机会愈高，她的配偶便愈在乎她。女人患感冒待在家里，他却没有那么紧张，这便是男人。

因此，我忽然明白，令爱情常青的，不是不离不弃，而是离而不弃，要擅用离别。女人终于很无奈地明白，若想一个男人永远留在你身边，便要常常离开他。

美丽的谎言

那天按摩的时候跟我的按摩师聊天，不知怎的谈到胸罩。我说，曾经听编辑部的女孩说，有家专卖矫形胸罩的店很厉害，真的可以 32A 进去，34C 出来。

我的按摩师很雀跃地说："我就是用的他们的矫形胸罩！真的可以啊！"

我还一直觉得她很丰满呢！

"用了矫形胸罩，穿上衣服之后，胸部除了变大之外，线条也好看很多，尤其长得肥胖和乳房形状不漂亮的，之前和之后，简直就是两个世界！"她说。

"能骗到其他人，可是，骗不到最亲密的人呢。"我说。

"都住在一起这么多年了，无论穿什么胸罩，男朋友已经不看了。"她还真坦白得可爱。

"我是觉得那些矫形胸罩很丑！我喜欢漂亮的胸罩。"我说。

"凡是矫形胸罩都是见不得人的呀！肩带很粗，背带很宽，这样才能够把背脊和胳肢窝下面那些多余的肉挤到前面去。可是，穿在衣服底下，谁会看到啊？能骗到所有人就可以了！"她说。

我在想，能骗到所有人，是不是也就能骗到自己？能骗到自己也就能微笑。我们是不是都会拐一个弯，用心良苦，迂回曲折地骗自己?

那又有什么关系呢?一个美丽的谎言,只要能够骗到自己,也就不是谎言。

不想孤独终老

朋友之中，很多是单身的。

单身不可怕，最可怕的是这些人从未谈过恋爱。虽然在工作上表现出色，思想成熟，可是一提到爱情就变得很幼稚。

条件跟他们差很远的人也可以不停恋爱，他们却只能顾影自怜。工作环境中认识不到异性、要求太高、样子不漂亮、身材不好、很难与人相处，这些都不是他们找不到对象的理由，他们根本就没对象。

这群人都有一个共同点，就是害羞。尽管工作时脸皮很厚，一看到异性，便会变成另一个人，尤其害怕被拒绝。

有谁在一生中不曾被人拒绝过呢？

害怕被拒绝，于是不敢主动出击，害羞的男人只好等到白头。害羞的男人也不是没人认领的，但他必须是个害羞的英俊的或富有的男人，才会有一群女人主动来追求他，其他的，想也不用想。

害羞的女人更糟糕，她们根本不敢接近男人，遇上自己心仪的对象，也不敢表达，于是，稍微好一点的男人都给不害羞的女人抢走了。

一个人，只要不害羞，真的什么事都能做出来。不想孤独终老，脸皮首先要厚。

在十天之内失去一个男人

手上有一本很有趣的小书，书名叫 *How to Lose a Guy in 10 Days*（《十日拍拖手册》）。想在十天之内失去一个男人，一点也不难。假设你们是第一天认识的，你照着以下几种方法做，你很快便可以把他吓走：

跟他做爱之后哭。

不断问他你胖不胖。

打电话给他父母，并且自我介绍。

无论你多么晚回家，都打电话给他。

逼他说他爱你。

跑到他家里，拿他的衣服来穿，把你的香水喷在他的枕头上，又替他接电话。

随时在他会出现的地方出现。

告诉他，你正在看心理医生。

故意让他看见你在看《新娘》杂志。

带他回家见你父母。

开始到他家里过夜，并要求他腾空一个抽屉让你放你自己的东西。

故意让他知道你去验孕。

经常在他面前用小孩子的声调说话。

睡觉的时候，一整晚搂着他不放。

做爱过程中不停地哭。

其实呢，我有一个更简单的方法，让你在五天之内便失去一个男人。从认识他的第二天开始，你不停告诉他你想结婚，做爱之后哭哭啼啼说你很怀念以前的男朋友。

五天之内，保证他会逃跑。

失恋时不要做的十件事

一、纠缠

立即死心，完全不去纠缠，也许是不可能的。那么，给自己一个期限吧。

分手时，他答应会打电话给你。他信誓旦旦地说，他会找你。他说，虽然分开了，他还是会永远关心你。你信以为真，每天等他电话，但是，这些承诺完全没有兑现。你终于明白，分手时说的话，只有傻瓜才会相信。

应该放手了，可你舍不得，你太想他了，好吧，那就打电话给他。第一次，他的态度冷冰冰。第二次，还是冷冰冰。第三次，他依然没有回心转意的迹象。凡事不过三，这些电话，以后不用再打了。

要是他爱你，下一次，会是他打电话来。要是他不爱你，再打四十次也没用，不如留一点尊严给自己。

二、不要打无声电话

一听到他的声音就挂断，你以为他不会猜到是你打来的吗？除非他是个大笨蛋。假如他是个大笨蛋，根本不值得你爱。

三、不要再去看他的网络日志或 Facebook（脸书）

他的一切已经跟你无关，别自讨苦吃。他的网络日志写得才没那么好。

四、不要随便找个人来填补他的空缺

失恋时，跟一个自己不爱的人一起，只会让你更想念他，也更瞧不起自己。

五、不要拿自己的幸福来报复他

明明不喜欢他的朋友，为了报复他，故意跟那个男人好。你以为他会心痛吗？他只会觉得你不自爱。他根本不关心。

六、没期限的沉沦

伤心和沉沦总有个期限。两个月也好，三个月也好，给自己一个期限，就当是送给自己一个奢侈的失恋假期吧。假期之后便要清醒，一直沉沦下去，当你醒觉的那天，也许已经太迟了，你已经错过太多。

七、不要逼自己去忘记

能够忘记的时候，自然就能够忘记。忘记不是一时三刻做得到的。

某时某刻，幽幽地想起那个你爱过的人，依然忘不了他，是人生的一部分。然后，某年某天，想起同一个人，发觉你对他早已经完全没有感觉了，原来也是人生的一部分。

八、不要无爱的性

有些男人很自私，他不爱你了，但是，当他想要的时候，他还是很乐意找你上床，因为他知道，痴心的你不会拒绝。

别那么傻了，假如他还爱你，他不会舍得给你无望的梦想。无论你再跟他睡多少次，他早已经不爱你了，也不会回到你身边。每次上床之后，他只想你快点离开。

当爱情已死，再疯狂的性也撩不起爱的余烬。

九、不要把他送的礼物还给他

只有小男生和小女生才会做这种事。无论他送的东西多么贵重或是多么有意义，当爱情消逝，互相送过的礼物对你或对他已经没有任何意思。留着吧，送回去或是把礼物要回来都太小家子气了。

十、不要相信自己说的话

你大可以很悲壮地告诉他："我以后再也不会这么爱一个人了！"但是，你心里不必真的这样想。人生的千回百转，是你心碎时没法想象的。

你以后会找到比他好的，到时候，你也许会反问自己："我当时到底为什么会爱上他啊？"

门前一盏暖的灯

朋友的家，门前有一盏灯，她住在大厦里，一梯两户，走廊照明充足，根本不需要安装一盏灯。

她说："门前亮着一盏灯，回家时，觉得好像有人在等我，很温暖。人在屋里，也因为门前有一盏灯，觉得很有安全感。"

独居的她，不靠坚固的门锁提供安全感，却相信门前一盏灯。

一盏灯，毕竟比一把门锁浪漫和感性。

她一度煞费思量，门前那盏灯，应该是当她在屋里时把它亮着，让人知道屋里有人，还是应该当她不在家时把它亮着，骗人屋里有人呢？

我觉得有点像夜班出租车，空车时，车顶的灯亮着，有客时，把车顶的灯关掉。若离家前，把灯亮着，岂不是告诉贼人这里没有人？

若离家前把灯关掉，深夜里，一个人，回到大厦，走出电梯，从皮包里掏出钥匙，蓦地抬起头，才发现门前没有灯，会不会很孤单？

当一个女人，深夜，喝了酒，失意地回到屋前，连一盏灯都没有为她亮着，她要在黑暗中找出钥匙，会不会太凄凉？

一盏暖的灯，还是应该永远亮着，用来骗人，也用来骗自己，用来等人，也用来等自己。

阴晴圆缺的，不单是月色

半夜里醒来，觉得天气很闷热，我想，也许要下雨了，再睡一觉，清晨的时候，果然下了一场大雷雨。

我没有风湿，不能用自己的风湿去预测天气。只是，活在世上的日子久了，每个人大概都会预测一点天气。连续许多个酷热的晴天之后，总会下一场大雨。连续几天大雨，也应该要放晴了。

小时候，因为活在世上的日子还短，我们从来不会预测天气。我们老是祈祷好天气来临，尤其明天要举行运动会，或是郊游，又者明天有特别的节目，尽管乌云密布，我们还是期望不要降下一滴雨。

下雨的时候，心情是特别坏的。

儿时唱的圣诗说，上帝没有应许天色常蓝。我们当然明白不会永远晴天；阴晴圆缺的，不只是月色，还有爱情。

我以为爱情可以克服一切，谁知道有时它却毫无力量。

我以为爱情可以填满人生的遗憾，然而，制造更多遗憾的，偏偏是爱情。

阴晴圆缺，在一段爱情里不断重演。当我们活在世上的日子久了，也能预测明天的爱情。换一个人，也不会天色常蓝。

分手不要在冬天

春风吹绿了大地，春情勃发，是恋情萌芽的季节。夏日炎炎，欲火焚身，适宜热恋。秋天浪漫，最宜分手。

到了冬天，无论如何，也要抓住一个男人过冬。

冬天里的节日最多。圣诞、新年、情人节，都最不适宜形单影只。平安夜留在家里看电影，做朋友的电灯泡，或者穿上漂亮衣服，却以失败者的姿态走遍大小舞会碰碰运气，希望遇上如意郎君，都是叫人沮丧的事。

两个女人共度情人节，只会很没人性地巴不得对方立即消失，换个男的，喁喁细语。

冬天严寒，强壮的男人比电暖炉和羽绒被子有用。一个人久久睡不暖，两个人相拥取暖最好。

女人气血不足，即使穿上羊毛袜，脚掌仍然觉得冷，差不多连感觉都麻木了。这个时候，最好把脚掌贴在男人暖洋洋的小肚子上，感觉立即就回来了。他们通常反抗几下就会就范，不敢推开你。这个时候，男人又比暖水袋保温。

所以，再坏的男人，在冬天里，女人也忍受他。再腐烂的感情，女人也拖延着。挨过冬天，才说再见。然后，在冬季再来临之前，赶快找个男人。

哀伤的花园

朋友老远从湾仔搬到上水，原来是为了拥有一个私家花园。

她说："我一直梦想拥有一个属于自己的花园，明年你来吧，我种的木瓜树，明年夏天就有收成。"

屋前那两三百英尺的地方，我不知道可不可以称作花园。在这个城市，要拥有一个花园，并不便宜。我们付的楼价，在外国，何止拥有一个大花园？

现在我们的花园，都变成窗台。市区的窗台，比郊区的私家花园还要贵，但你只能在上面放盆栽。

我当然也想拥有一个花园，舅母在她美国的花园里种植辣椒和韭菜，每天黄昏，她把安乐椅搬到花园，看着红色的辣椒生长，等到收成那一天，摘下辣椒佐膳。

我喜欢种植柠檬树，门前一棵柠檬树，像幸福的黄手绢。

有一位朋友，失恋之后，疯疯癫癫的，一天，她正躲在家里准备自杀，她妈妈在后花园摘下一朵红色的玫瑰花，拿着玫瑰花，拍她房间的门，把花送给她，微笑着跟她说：

"是我天天浇水的。"她突然觉得，如果死了，很对不起妈妈。

收下玫瑰花，她不死了，是花园救了她一命。

这样的花园，美丽而哀伤，应该找一个漫天星星的晚上，在花园草地上裸睡。

一次恨个够

看过一本关于吃的书,作者提出一个很特别的减肥方法。那个方法大可以称为"一次吃个够"。作者说:当你想吃一种食物的时候,不要担心胖,尽管吃。比方你想吃巧克力,那就不停地吃,天天吃。终于有一天,你看到巧克力就不想吃。从此以后,你不会再喜欢吃巧克力了。

这个方法是以毒疗伤。你与巧克力,不是你死,就是它亡,不要随便尝试。在情场上,倒是可以一试的。

你爱的人离开你,你没法忘记他,那么就恨他吧。你要极度痛恨他,天天恨他,每分每秒恨他,醒着的时候恨他,睡着的时候也要恨他。不必再要什么风度和尊严,你大可以告诉所有人,你恨他。只要你快乐,你就尽情恨他。一次恨个够,不要压抑。不但恨他,还要恨他一家,恨所有认识他的人,恨他家里那张床,恨他养的那条狗。

有一天,你会发现,你已经恨他恨到极点,不能更恨他了。他已经没什么可恨,况且,无论你多么恨他,他都不会回到你身边。这个时候,你忽然觉得你一点都不恨他,你从此免疫了。

恨他是没用的,那么,倒不如忘记他。这个时候,你应该可以忘记他了。爱到极爱,往往变成无情。恨到极恨,往往不再有恨。让我们一次恨个够。

你是我胸口永远的痛

对一个女人来说，如果她从来没有遇过一个伤害她至深的男人，她便不会珍惜一个爱她的男人，也不会明白爱情。

一个令你伤痛的男人，在当时来说也许令你生不如死，但在你整个生命中，他不过是一个令你成长的考验，这个考验早来好过迟来。早来的话，女人可以找一个为她抚平创伤的男人，迟来的话，女人能够找到这样一个男人的机会自然减少。

因为曾经被伤害，被背叛，被离弃，女人遇到好男人时，会好好珍惜，而且会更懂得去爱别人。一个爱她的男人能够令她逐渐忘记那个令她受伤的男人。即使他回来，她也不会回到他身边。她会明白，那个男人如果能够那样伤害她，就不是真心爱她；即使有爱，也爱得太少。她当时肝肠寸断，也不是因为爱他，而是因为突然被自己信任的人出卖，无法接受。

男人不同，男人天生犯贱。如果曾经有一个女人令他受伤至深，即使已经是很久以前的事，而他也已经有一个对他很好的女人，他依然无法忘记那个伤害过他的女人。

女人以为遇上坏男人是无可避免的事，男人却没想过他竟然会败在一个坏女人手上。她是他胸口永远的痛，是他永远的心灵缺憾。如果有机会，他仍会再次追求她，再次把她追到手，证明他是最终胜利者，没有人可以抛弃他。

　　女人因此明白，要留住一个男人，不是寸步不离，而是忽冷忽热。要得到一个男人的心，不是全心全意爱他，而是尽情伤害他，成为他胸口永远的痛。男人会敬重一个他永远无法征服的女人。

余生都不要再见到你

已经分手的情侣，最好余生都不要重逢。

你和他那段情一点也不值得回味，重逢来干什么？这种重逢的场面只会令大家不快乐。

你看到他老了，生活不如意，你庆幸自己当年离开了他。可是，跟他说再见之后，你深深为自己的无情而内疚。这种感觉太不舒服，不如不要重逢。

你重遇他，发现他脱胎换骨，而你，却不太如意。让他看到你离开他以后日子过得不快乐，你的尊严还可以放到哪里？不如不要重逢。

过去的一段情刻骨铭心，你偶尔还会想起他，你也很想知道他现在变成怎样，日子过得好不好。当你来到那些你们以前常去的地方，你的一颗心还会跳，你会想："我会在这里碰到他吗？"如果是这样的话，最好也是余生不要重逢。

你永远再见不到他，美丽的回忆会长存心中，若再见到他，结果却可能不一样。他已经不是从前那个人，你从前最欣赏他的智慧，可是，重逢的这一刻，你才发现，他并没有进步。

你以为如果让你再见到他，你一定不会让他离开，今天，让你见到了，你才发现不是那回事，不知从什么时候开始，你对他已经失去了那份感觉，你早就不爱他了。重逢然后失望，等于亲手毁灭自己的回忆，那是多么凄酸的事！为什么不能相忘于江湖？

　　如果有一天，我们要分手，不要，不要，请不要让我在余生再见到你。

我想宽恕他

有没有想过宽恕一个人？

那天晚上，一个女孩子说，四年了，她一直无法宽恕她以前的男朋友。

在一起八年的岁月里，她对他一往情深，可是，他却不停在外面结识女孩子，每一次，他都说只是玩玩而已。她一次又一次原谅他，以为他会改过。

四年前，大家准备结婚，他又一次在外面有女人，这一次，他跟她说，他是很认真的，他爱上了那个女人。她黯然跟他分手，一个人生活。

四年来，她心里一直恨他，无法接受他对她所做的一切。因为恨得那样深，她根本无法摆脱他的影子。即使有男孩子追求她，她也不愿意接受。

每天晚上，当她孤单地回到自己那个巢穴的时候，她还是意难平。

那天晚上，她忽然觉得很平静，四年来，她内心没有这么平静过。她很想宽恕他。

她说："我想宽恕他。"

宽恕不等于接受。宽恕他，不是接受他做的那些伤害她的事情。宽恕他，只是卸下心里的包袱。

　　宽恕一个人，就是不再与他有牵连。没有了牵连，从今以后，才可以过新生活。

　　赦免别人，本来是上帝的权柄，但是，宽恕那个伤害过你的旧情人，你才能够摆脱心里的魔鬼。

逝去的爱情不过是轻尘

住在离岛的女孩子说，她那个住在市区的男朋友背着她和另外一个女人来往，这是他弟弟不忍心她被骗而告诉她的。她恨透这个男人，这四年来，她对他无微不至。

现在换回来的是他避开她，伤害她。情人节那天，他写了一张卡片和一封信给她。卡片上印着两行字："与你情如白雪，永远不染尘。"信上说："你把我短暂人生漂白，但是如果我还是本来的颜色，我会开心点。"

他说，他常常为了迎合她而勉强自己，为了让她开心，每逢假日，他要送她回家，但是他害怕那一小时的航程，害怕要匆忙地赶去码头，连吃饭也要看手表。

她不甘心，她说："难道只有他付出而我没有？"

如果一个男人爱一个女人，他绝对不会介意要匆忙地赶上船和那一小时的航程，也许，他根本不爱她。

女孩也不必不甘心，爱情逝去了，不要问他为你做了些什么，也不要问你为他付出了些什么。付出的过程，也是一种享受，你忘了为他付出的时候，你是多么快乐和自我膨胀的吗？何必事后追悔？

他没有好好回报她，但是起码她学会了怎样爱人而他没有，下一次，她会爱得更好。

　　他说"与你情如白雪，永远不染尘"，他却是她眼前的尘垢，不容易抹去，但是有一天，她会明白，这个人不值得她为他伤心，他只是她生命里的轻尘，轻得可以。将来，她要做的，不是男人生命里的漂白水，而是源源不绝的生命之水。

后悔和你睡

有些话，你并不希望由自己说出来，譬如这一句：

"和你上床，是我一生最大的错误！"

若要说这句话，也许太悲伤了。

我们多么希望自己与之睡过的，都是自己爱过的人！起码，当时是爱他的，也相信他是爱我的。

后来，我们发觉自己不爱这个人了，我们又多么希望自己从来没有跟他睡过！他是不值得的。如果没有睡过，那该有多好！可惜，有些东西是永远抹不掉的。过去的，不一定是错误，我们还不至于说："这是我一生最大的错误！"

跟什么人睡过，会是一生最大的错误呢？

应该说是骗子吧！当时的他，根本不爱我。他爱的，只是一具肉体，用来满足他的性欲。但愿我们一辈子也不用对一个男人说：

"和你上床，是我一生最大的错误！"

不要再投资下去了

有时候，我们不愿意离开一个人，是因为我们在他身上投资了太多东西，包括感情、青春，甚至是金钱。

跟他的关系愈来愈坏，彼此的话题愈来愈少，相处得愈来愈不开心，无数次想过要分手，却仍然留下来，因为已经投资了那么多，没理由现在放弃。

半途放弃，以前的损失怎么办？

已经下了注，不赢的话，太不甘心了。

于是，每一次闹分手，都不肯真正地分开。

好像还是爱他的，爱他什么呢？渐渐地，自己也不知道为什么爱这个人。

也许，我们只是不肯承认爱情已经消逝了。

我们可以投资在自己身上，却不可能投资一段爱情。

无论你有没有遇上这个人，你都会一天比一天年老，为什么说他耽误了你的青春呢？是你耽误自己。当你付出感情去爱一个人，你也享受那个过程，这不是投资。至于金钱，何尝不是你心甘情愿付出的？

最聪明的投资，是在知道大势已去的时候，立刻抽身而退，不要奢望拿回当初的本钱，也不要再投资下去。趁自己还有本钱的时候，投资在另一个人身上吧。

不要相信有王子

一名少女失恋后跳楼自尽，遗下情书。情书上说，她本来是要等王子来把她吻醒，可是，却等不到王子。

王子和公主的童话故事，实在不知荼毒了多少女孩子的心灵。

世上的确有王子，英国、西班牙、丹麦都有王子，情场上，却没有王子。今天还相信有王子，等于相信圣诞老人会在平安夜悄悄把礼物放进你挂在床尾的那只圣诞袜子里。

那个把白雪公主从睡梦中吻醒的王子，不过是天方夜谭。

爱情不是一场追逐，如果你还停留在追逐的阶段，如果你还留在等候王子救赎的阶段，你就太不了解爱情了。

爱情是自我完善的一个阶段，我们在经历自己的人生，你爱过别人，被别人爱过，受过伤害，也伤害过别人，欢欣、沮丧、失望、思念、等待，受尽煎熬，然后豁然明白，得失并不重要，最重要的是你长大了，变聪明了，你变得精彩，你的人生从此不一样了。

爱情不是在泥土里开出的花朵，而是泥土里的肥料，最后开出的那朵花，是你的人生。你是你自己的王子或公主，你不需要等待任何人来把你吻醒。

傻瓜，不要再相信有王子。

除你以外的快乐

冷战或者失恋，也许并不是一件很坏的事情。

一个人的早上，你可以做自己喜欢的事情，不需要另一个人同意。

以为是世界末日了，可是，海还是那么漂亮，夕阳更是百看不厌。

两个人一起太久了。他的快乐，就是你的快乐。

忽然有一天，他消失了，你才品味到除他以外的快乐。

我们从来没拥有任何人，也不被任何人拥有。不能够忍受寂寞的人，永远也无法享受一个人的时光。

除了你深深爱着的那个人之外，原来还有其他的快乐在等你。

多久没有一个人去旅行了？

多久没有找朋友和旧同学了？

多久没有一个人看电影了？

心里思念着他，没可能放得下。然而，在放不下的同时，体味一下除他以外的快乐，或许可以帮你去遗忘。

曾经以为，除你以外的，都说不上快乐。

然后有一天，学着去欣赏除你以外的快乐。

那些快乐，虽然有所欠缺，也还是一种我从不认识的快乐。

严选爱慕者

每个女人身边或多或少都有一些爱慕者。我们也都听过一句老掉牙的情话：

"你可以不爱我，但你不可以阻止我爱你！"

这句感人肺腑的宣言感动了不少女人。有时候，即使她不爱这些爱慕者，也还是会心软，由得他留在身边。谁又会嫌爱慕者太多呢？然而，爱慕者不是随便要的。有一种爱慕者，你必须毫不犹豫地大脚一挥，把他连人带花一起踢回他的家乡去。

这种爱慕者成天奉承你，你明明只是长得不错，他却说：

"你是地球上最美丽的生物！"

你只是有点小聪明，他却说：

"你有一个比霍金还要聪明的脑袋！"

你没才华，他却说：

"你又聪明又漂亮，人家都妒忌你，怎会承认你的才华？"

不管多么肉麻的奉承话，只要知道你喜欢听，他都可以脸也不红地说出来。

那么，这个男人只是想跟你上床。

你也许并没有笨得被他哄上了床，但是，日积月累，他那些满足了你虚荣心的谎言，你全都信以为真，不再进步。这样的爱慕者只会毁掉你。他走得愈快愈好。

一个女人决定留些什么爱慕者在身边，反映了她的智慧。严选爱慕者，就是要自己莫被虚荣误。什么人都可以爱你，你可不是什么人都让他来爱你的。

我不来，也不走

一个男人说："女人真是奇怪！叫她来的时候她不来，叫她走的时候，她却又不肯走。"

男人不都是一样吗？

谁不想做一个"你叫我来，我不一定来。你叫我走，我一定走"的人？可是，当心爱的人就在面前，我们竟然无可救药地有点 cheap（廉价）。

每个女人大概都从女性杂志上读过数十篇教我们对付男人的文章，什么欲擒故纵、忽冷忽热，我们早已背得滚瓜烂熟。一旦用起来，又是另一回事。

对着自己不喜欢的人，老实告诉你，我们什么冷血的事情都做得出来。对着自己喜欢的人，我也只好惭愧地告诉你，我们也真的是什么事情都做得出来。

你叫我来而我不来，不是不喜欢你，而是怕你觉得太容易到手了。这么容易，你会不会不去珍惜呢？

你叫我来而我不来，只是希望你更想念我。你叫我来而我不来，只是在生你的气，你再求我一次就好了。你叫我走而我不走，那还需要理由吗？不走，是舍不得。

你叫我走而我不走，也是觉悟。你叫我走的时候，我才想起你所有的好处。人们不是往往到了最后期限才交出最好的作品吗？

优雅的追求

◇

—

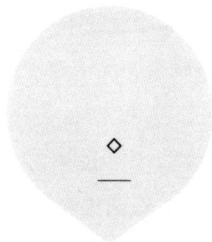

爱情不是愚公移山，表态之后，得不到响应，
在明知不可为的时候放弃，是最优雅的了。

四个必须穿得好的场合

有四个场合，必须穿得好——第一次约会、分手、结婚、离婚。

所谓好，是要低调地好。第一次约会，要给对方留下美好印象，又不能让对方以为你很在乎，那就别穿得太隆重，可也不要太随便。

不爱他了，想和他分手，那一天，要穿得好看些，让对方留下难以忘怀的最后印象。分手时，穿得好看些，也是对恋人的一份尊重。

结婚穿得好，那是理所当然的。万一结婚时穿得不好，离婚时也一定要好。

某才子跟妻子办理离婚手续的当天，特地穿上西装，系上妻子从前送给他的一条领带，深情款款地在离婚书上签上大名，并对前妻说：

"你是我今生最爱的女人，你叫我做什么我都会做，包括离婚。"

真情也好，假意也好，在离婚当天穿上对方所送的衣服，必定可以刺痛对方的心，除非她一点良心也没有。

假若你是提出离婚的那一个，那就请不要穿上对方送你的衣服，这是落井下石，也不要穿得花枝招展，对方会以为你在示威。

离婚和分手时尽量穿得低调，是风度，也是厚道。

男人用法一百种

有人写了一本《死猫用法一百种》，死猫可以用来做不求人、椅子扶手、鸡毛掸子、马桶刷等等，恨猫的人看了，十分痛快，爱猫的人看了，也会心微笑。如果你对男人又爱又恨，不妨也设计一套《男人用法一百种》，以下随便介绍几种：

舔邮票：跟你的男人说："吻我！"当他吐出舌头，你就把一枚邮票放在他的舌尖，然后拿去贴在信封上。

人肉沙包：心情不好时，可以拿他来练拳、滴蜡。

强力开瓶器：打不开的瓶盖都交给他。

自动按摩椅：坐在他身上，要他替你按摩。

天然暖炉：冬天拿他来取暖。

小型起重机：搬家，换写字楼，所有你搬不动的东西，都找他来搬。

增值机：这个月的薪水花光了，就叫他为你的荷包暂时增值。

外卖速递员：想吃东西，又不想出去，就叫他买来。

软绵绵的枕头：在长途车或长途飞机上，把他的肩膀当作枕头。

超级垃圾桶：你不吃和吃剩的东西，通通给他吃。

只要动动脑筋，你会发现男人的用处真多，你怎么舍得离开他？

你是星期几的样子？

你有没有发觉自己每天都有一个样子？

星期一的你跟星期三的你是有一点不同的，这么细微的差别，也许只有你自己看得出来。

我觉得星期三和星期五的我比较好看，而星期天和星期一就比较糟糕。没人明白那是什么原因，反正我们永远不会是昨天或明天的自己，只有当下这一刻才是真实的。

同样地，经过一段时间的观察，我发觉身边的人在星期六的样子比星期一可爱，也许是因为星期一的工作通常很沉重吧。到了星期六，他会宽容很多。（所以我会选择在星期六发脾气。）

你身边的人呢？

你是否能够说出他一星期七天里脸上微妙的变化？还是已经没有感觉了？

曾经，我们很努力去捕捉恋人身上的一切。他指甲的形状、拇指的弯度、大脚趾和第二只脚趾的长短，他牙齿的颜色，他的唇纹，他眼睛里黑和白的比例，他身上没穿衣服时的窘态，他充满情欲时，皮肤散发出来的味道……这一切一切终将消逝，我们唯有尽量记忆。

就这样，从星期一到星期天，我们从恋人身上寻找彼此相似之处，然后歌颂它。

我们也同时寻找彼此相异之处，然后遗忘它。

只是，终有一天，我们会变得懒惰和挑剔，不是重新想起彼此相异之处就是忘了当初为什么爱他。当你忘了他星期一和星期六的样子有什么分别时，难免有一点感伤。因为，自始至终，我们所期待的爱情，并不是一起默默过日子，直至面目模糊；而是像流转的四季，每一个微妙的变化都充满喜悦。

我胖不胖？

对男人来说，除了"你爱不爱我？"之外，女朋友提出的问题，以下这一条，也是很难回答的：

"我胖不胖？"

如果老实地回答："胖。"她会认为你嫌弃她，然后她也许会拿你的钱去减肥，男人的损失难以估计。

如果说："不胖。"她会想："他心里其实是觉得我胖的。"

胖也不是，不胖也不是，男人机警地说：

"你应该胖的地方胖，应该瘦的地方瘦。"

可惜，女朋友并不会因此满足，她会骂你不正经，脑子里只想着那回事。况且，这么会花言巧语的男人太不可靠了。

男人左思右想，终于自以为聪明地说：

"你有时候胖，有时候瘦。"

这个答案还不够模棱两可吗？

谁知道，刁蛮的女朋友生气地说："你根本不关心我！什么有时候胖，有时候瘦？我一直都是这个样子！"

至于性格温顺的女朋友，听到这个答案之后，也许会追问：

"那我什么时候胖，什么时候瘦？"

男人苦恼极了，女朋友到底胖不胖，他已经分辨不出来，他先不管她胖不胖，他只想尽快逃跑。

睡前香

每次写完一本书，我会送自己一份礼物。这次的礼物是来自法国的，看上去像香水，却并不是香水，而是一瓶据说能够使人感到幸福的补水喷雾。

写书之前，我在百货公司见过这瓶喷雾，当时以为是香水，随便喷了些在手腕上，觉得那股香味很好闻。因为不是买东西的心情，所以没买。

回家之后，它的气味一直在我记忆里徘徊不散。写完书，我追逐着记忆的香味回去，把它送给自己。

虽说是身体补水喷雾，但我打算把它当成香水用。

它的成分包括睡菜、印度玫瑰、鸢尾花、番红花、甜橙、茉莉和檀香，味道并不浓烈。我喜欢所有淡淡的香味。

创造它的人是从印度喀拉拉的季风中获取灵感的。

我去过印度，但没去过喀拉拉。

低气压使香水散播得更快，湿度也加强了我们的嗅觉，所以，风雨之夜或者暴风雨来临的前夕，香水的气味也最浓烈。这些时候，我的香水可以省点用，不需要在身上洒太多。

这些时候，你爱的那个男人，也会特别好闻。

我们爱着的人，不都有一种属于他自己的味道吗？

你认得那种味道，却没法用言语去形容。

我们自己的味道，自己却闻不出来，只好用香水熏香自己。

　哪一天，你若不满足于仅仅熏香自己，还想用身上的香水迷倒距离你身边五十米，甚至一百米以外的人，最理想的地点是青藏高原、喜马拉雅山、墨西哥和大峡谷这些海拔高而气压低的地方。

　问题是，你会在喜马拉雅山上擦香水吗？

　这瓶补水喷雾的瓶子不算漂亮，我喜欢的是那个金色流苏的气球喷嘴。每次看到气球喷嘴的香水瓶，我都会为之心动神往。我甚至会单单为了那个气球而买一瓶香水，想象自己一只手拿着瓶子，另一只手捏着气球，把香水喷在前方，然后跨进那团香云里去。这个动作本身就已经很幸福了。

　我外出的时候常常忘记擦香水。但是，每晚睡觉的时候，我总想洒上香水滑进梦乡，尤其当我感到疲惫和沮丧的时候。

　睡前的香水仿佛就是我最漂亮最感性的一袭睡袍，是我为我的灵魂穿上的。

　虽然，它从来没有我以为的那么好，它太敏感，太脆弱，也太矛盾和高傲了，但它终究是我的灵魂。

战场上的亵衣

有哪个女人是从没拥有过一件亵衣的?

我有五件,黑的、白的、米色的,却只有其中一件穿过几次。买的时候,自己首先有了遐想,想象自己穿起来会有多么性感。可是,买回来之后,却用不着。

亵衣并不好穿,夏天太热了,只有在冬天,里面穿着它,外面套一件大毛衣,才会自我感觉良好。

最适合穿亵衣的场合,还是在家里,除非你要依靠这个谋生。

我的亵衣是买来看的,不穿也不会心疼。只要相信自己还能穿得下,便已经很满足。

有些女人的亵衣是用来守门口的。

不知道什么时候心血来潮,会想诱惑你,于是,抽屉里总是放着几件亵衣。

我不一定想诱惑你,但是,我想保留这个机会。

男人没有亵衣是多么地可惜! 还是做女人比较幸福。

亵衣不是战衣,可是,一旦穿上亵衣,便要有上战场的准备,成王败寇。当一个女人穿上亵衣走到心爱的男人面前,他竟然看了两眼便继续埋头工作,你不禁怀疑他,也怀疑自己。

心情不好就……

法国女人有句调皮话：

"我心情不好就巧克力一下。"

其实，法国女人不管心情好不好都爱吃巧克力，她们只是找个借口让自己可以多吃一点巧克力罢了。

我不知道巧克力是不是会让一个人的坏心情好起来。我心情不好的时候另有选择……

我香槟一下。

一个人干掉半瓶香槟，尤其是玫瑰香槟，醉醺醺的感觉会让我暂时忘记忧愁。不管心里多么难过，我都会告诉自己："我还喝得起香槟啊！我是多么幸运！"

我陈年干邑一下。

心情不好的时候，我决不喝劣酒。家里没香槟，便喝陈年干邑，然后带着香醇的微醺写稿。这时候写出来的小说，往往会有意想不到的效果。

我淀粉质一下。

碳水化合物的确能够平衡情绪。我会狂吃意大利面、日本冷面、梳打饼和西红柿味百力滋。吃了这么多淀粉质，人会变得很瞌睡，睡醒了，明天会开始爱惜自己。

我打人一下。

当然是打身边那个不会还手，也不会受伤的男人。

我眼泪一下。

这是我持之以恒，最有效的方法。

064

华丽的孤单

是不是每个人都会觉得自己是孤单的?

至少,我们内心深处,总是给孤单的自我留了一席之地。

即使你的生活不是孤单一人,即使你爱着一个人,也被这个人爱着,孤单的感觉有时候还是会浮上心头。

我们只好安慰自己,哲学家是孤单的,艺术家是孤单的,所有伟大的人物也都是孤单的。

孤单有什么不好啊?为什么一定要跟另一个人形影相伴?

两个人一起,不是也会有孤单的时刻吗?

然而,我们深深知道,两个人的孤单就是比一个人的孤单华丽些,因为我可以选择。我可以既要爱情也要偶尔孤单的自由,有时一个人,有时黏着你。

抑或,孤单只是一条退路?要是没有人爱,要是有天失去了爱情,或者厌倦了爱情,我可以毫不在乎地说:

"我不害怕孤单。"

一个人无论平日多么精明能干,当他孤单一人走在路上的时候,那个样子看起来好像总是带几分傻气,那是因为没有一个跟他说话的人。但是,只要知道,他是被一个人爱着,他也爱着那个人,那么,他一个人走路的模样一瞬间仿佛也变甜蜜了。

请赞美我的躯壳

男人说："我喜欢你，是因为你有思想，有智慧，能够和我沟通，我从没有遇过一个这么了解我的女人。"

你听到了这番话，当然高兴，但是也不禁想问："那么，我的外表呢？"

他一直强调最欣赏你的智慧，但是强调得多，你却有点失望，你是否只有内在美而无外在美？

你不是美人，但是你总希望他有时候会赞美你，即使只是赞美你的秀发，你的手指，你的脚踝，也是好的。

谁知道他说："这些都不重要，最重要的是你和我聊得来。"

他竟然不知道这对你有多么重要。于是，有一天，你悉心打扮自己，然后问他："我漂亮吗？"

你以为他会抱着你，赞美你，谁知道他竟然说："你以为我喜欢你是因为你的外表吗？"对女人来说，这个打击真的太大了。

男人在赞美一个女人的智慧时，可否也稍微赞美一下她的躯壳？这是男人应该有的智慧。"躯壳会老的。"男人语重心长地说。如果我不是知道躯壳会老，我才不需要你的赞美。肉身衰朽乃见智慧，你将来有很多时间赞美我的智慧。

爱我还是爱我的身体

收到几个女孩子的来信，她们都有同一个问题，就是在跟一个男人上床之后，才开始怀疑他爱不爱她。

很奇怪是吧？在跟他上床之前，她们百分之一百肯定这个男人是喜欢她的，但是一旦发生了关系，她就立刻怀疑他，他是爱她的吗？还是爱她的身体？他在此之前对她的热情和迷恋，会不会都是为了和她上床？

男人一旦表达了他的原始的欲望，就是女人开始动摇的时候。

她口里说："我是自愿的，那是很自然的事。"心里却在思考他的动机，把他想得很坏。

更奇怪的是，当那个男人跟她发生过一次关系之后就消失，或者找借口不再见她（譬如说已经有女朋友，不想伤害她），这个时候，她反而能够肯定他是爱她的。是的，如果不是这样相信，她就是被骗了。

男人从来不会怀疑女人到底爱他还是爱他的身体，如果她爱他而不爱他的身体，他才真的难过。

一个人怎能够和自己的身体分开？女人应该思考的是他爱不爱她。怎么才知道他爱不爱她？是否被爱，每个人都有不同的感受，但是，在发生了一次关系之后就消失的男人，肯定是不爱你的，他只是爱你的身体。

我有我的尊容

那天，我跟一个朋友在街上碰到我的一位女朋友，很久没见她了，打过招呼之后，我和我的朋友继续往前走。

我随口说："她还没有结婚。"

他说："她还是不要结婚的好。"

"为什么？"我奇怪。

"她那副尊容，结婚之后，还不是要给老公打？还是不结婚的好。"

我这位朋友，一向宅心仁厚，忽然说出这么刻薄俏皮的话，吓了我一跳。那么，我也只好相信，他并非刻薄，他也是出于一片好心。

有些女人无论如何也要一尝结婚的滋味，好歹也要嫁一次。为了嫁出去，她们不惜纡尊降贵，忍气吞声。那个男人不见得有什么好，也不是对她好，为了能够结婚，她什么也不管。结婚之后，他果然对她不好。

为什么要嫁给一个不值得嫁的男人？结婚并不代表从今以后有一个男人爱护你。他婚前对你不好，婚后也不会对你好。

如果他只值三十分，为什么我要接受他？

是的，我不漂亮。但是，只要我一天不结婚，也不去强求的话，就没男人可以欺负我。我有我的尊容，更有我的尊严。

优雅的追求

有些女孩子是从来不会主动追求男孩子的，并非保守，而是性格使然，正如有些人爱吃咸，有些人爱吃甜。女人主动，没什么不对，可是，如果由始至终都是女方主动，那又未免太不矜贵了。

女人的追求和男人的追求是不同的。男人的追求可以是一面倒，死缠烂打。女人的所谓追求，应该是表态。

主动约会一个男人，吐露倾慕之情，主动牵他的手，送花给他，送礼物给他，为他庆祝生日，他病了，主动去照顾他，这都是表态方法。如果已经这样表态了，男人还是不采取主动，就是女人的追求失败。

所有的追求都应该有个底线，女人的底线应该比男人的底线定得更严格，你都主动牵着他的手了，他还不主动约会你，他会有多喜欢你？死缠烂打下去，只会让男人沾沾自喜，他觉得你不矜贵，也不会珍惜你。

有些男人分手时跟女人说："当初是你主动的。"那是因为女人当初把自己的底线定得太低，差不多是送上门去。

爱情不是愚公移山，表态之后，得不到响应，在明知不可为的时候放弃，是最优雅的了。有些女人以为女追男的底线是主动向男人献身，要献身才得到垂顾，太不优雅了。

年龄的秘密

对象的年龄是否是一个问题，那得看你是什么年纪。

三十岁之前，男人的年纪对女人来说，完全不是问题，只要她喜欢就可以了。假使她疯狂地爱上一个男人，她甚至不介意他的年纪足以做她爸爸。这一段年龄的距离，也正是爱情的见证。明知道他多半会比她早一步离开这个世界，不可能跟她长相厮守，但是，她只要曾经拥有也就无憾了。

当她的年纪大了一点之后，她要她爱的那个人保证，他不能比她早死。

既然不能比她早死，那么，他最好也不要比她大太多吧？要一个比她大三十年的男人不能早死，那未免强人所难。这个时候，年纪虽不至于是个问题，但绝对是个考虑。

当她过了三十岁，或者更大一点，她爱的那个男人，年纪便不能比她大太多了，而且最好是看上去能活得久一些。

长寿或短寿，外表看不出来。生活习惯虽然有影响，可是，不烟不酒，没有任何不良嗜好的人，也可能会早死。她只能从他的体魄和生活方式去猜测。这些猜测并不准确，最后，她还是凭直觉的。

当她要从两个或几个男人之中拣一个下半辈子的伴侣，而他们的条件相差不远，那么，毫无疑问地，她会选择看上去会长命的那个。

　　这或许是一种很原始的选择，女人需要一个能在危难时保护她的男人，男人则希望物种永续。当你问女人："年龄是个问题吗？"那就等于窥探她年龄的秘密。

品位的霸道

跟朋友逛街，看到一个很难看的名牌皮包。她笑笑说：

"这么难看的东西，怎会有人买？"

你别笑，再丑的衣服、再丑的饰物，也会有人喜欢。相反，你自认品位不俗，却会在大减价时发现你在减价前买的一条裙子依然挂在那里无人问津。

当你喜欢一个人的时候，你也自然会认定他和你的品位很接近，一旦发现他的品位很糟糕，你不免重新怀疑他是否真的懂得欣赏你。

作家朋友说，曾经有一个女人说很喜欢他和他的文章，他当时很开心；但是，这个女人同时又告诉他，作家之中，她也喜欢某某。

他不禁愣住了。他觉得那个某某写的东西糟透了。他不是妒忌，而是真心瞧不起某某。而这个他喜欢的女人，怎么可能同时喜欢他和那个某某？

比如他觉得她刚买的一条裙子很丑，那么，她怎可能同时喜欢他和那条裙子呢？

朋友的品位，我们都不好意思批评，无关痛痒的人的品位，我们也绝不会看不过眼，唯有情人的品位，我们是不肯宽容的。我们也是他的品位，我们才不愿意跟其他程度不够的东西并列。

喜欢我就别喜欢那双难看得要命的鞋子。

喜欢我就别喜欢那个颜色。

喜欢我就别喜欢那些庸脂俗粉。

爱情，是品位的霸道。

我心自有天涯

一位朋友用最流行的生命密码替我算命，这套方法混合了星座和出生年月日，关于性格特质，出奇地准确。

她说："你好奇怪，你独立得过分，却不爱自由。"

是的，我不太爱自由，小时候看三毛的《撒哈拉的故事》，向往她和荷西的爱情，但从没有想过要去沙漠流浪。

我对浪迹天涯的生活，没什么幻想，也从来不会爱上游子。我是那种如果我爱的男人叫我在街上等他，我就真的会乖乖地等待，无论发生什么事也不会走开的人。

万一他一直没有回来找我，说不定我会在那条荒芜的街道上开一家咖啡店，把我们约定等候之处变成一个漂亮和诗意的地方，让自己能够更坚强地等下去。

以前念书时有一位老师，五十多岁仍是独身，脾气很古怪，同学间流传着一个关于她的故事。听说她一直在等她那位英俊不凡的男朋友回来找她，他们在很多年前失散了。年轻的时候，她是浪迹天涯的女子，有了爱情之后，她却留守在一个地方等待。

我心自有天涯，世界再广阔，也比不上在一个男人的心里徜徉，那就是天涯。

我的肝酱

多年以前，到法国旅行，抵达的第一天，在友人家中做客。中午，朋友的法国太太准备去市场买菜，我听到我的朋友跟他太太说："她爱吃肝酱，你去买一点回来。"

噢！我那个期待法国美食的胃，马上"噔噔噔"地兴奋起来。太好了，有鹅肝酱吃！

谁知道，朋友那位拥有中国人知悭识俭美德的法国太太，买回来的却是猪肉肝酱。七个人的午餐，就是那瓶肉酱、番茄沙拉、酸瓜、奶酪和面包。第一次到法国的我，没想到在巴黎吃的第一顿饭竟是如此"简朴"。我可是坐了十三个小时的飞机来的呢。

后来再想想，也许是我朋友说得不清楚，他说"肝酱"，他可没说"鹅肝酱"，是我一厢情愿罢了。况且，我也太虚荣了，猪肉肝酱的味道并不太坏，比鹅肝酱便宜的鸭肝酱也很美味，为什么一定要吃鹅肝酱呢？

虽然我已经许多年不再吃鹅肝酱了，可我从来没放弃追寻其他的美味。我的法国朋友却也许是法国人之中的例外。他们追求精神生活，吃得并不讲究。我是个俗世女子，享乐与精神共舞，彼此抚慰、平衡。我因此没法爱一个不喜欢美食的男人。

为了那里的柠檬

你为什么会爱上一个城市？是因为那里的风景、人、食物，还是喜欢那里的历史？喜欢一个地方，为什么不可以只是喜欢那里的风和云呢？也许是喜欢那里的天空和海水。

她说，她喜欢过一个男人。喜欢他，因为他曾经邀请她一同去一个地方旅行。

她问："为什么要去那里？"

"因为我喜欢那片天空的云。"他说。

遇到他之前，她以为哪里的云都是一样的；遇上他，她才知道某片天空的云真的漂亮很多。

我在拉斯维加斯城里住过一晚，我喜欢那里的风。许多人也许不认同，有的朋友说，拉斯维加斯整个城市像好莱坞电影里一幕华丽的布景。也许那时我失恋了吧，失恋的时候，走在拉斯维加斯的风里，突然清醒了，不再惆怅。回忆中，总有那一阵凉风。

喜欢意大利那不勒斯的朋友说，她喜欢那不勒斯的柠檬。那不勒斯出产的柠檬像橘子那么大，颜色好漂亮。她去那不勒斯，就是为了那些柠檬。花那么多钱买机票，住酒店，就是为了去看柠檬？是的，就只是为了那里的柠檬。

只要自己觉得快乐和幸福，为什么不可以为了柠檬，为了风和云而出游？

放假天的容貌

上班的人都渴望放假。可是，好不容易等到放假的那天，不知道为什么，你会发觉自己的样子比上班时糟糕，看上去完全不在状态。

工作那么辛苦，为什么工作时的样子反而好看些？也许，美丽也是需要斗志的。

上班的一天，在办公室里见到同事，下班后又约了朋友。知道要见人，不知怎的，样貌也会时刻在戒备状态。

要是公司里有一个你暗恋的男同事，或者有几个你讨厌的女同事，那么，上班的日子，你的斗志会提醒你要漂亮。放假的日子，见不到这些人，斗志松懈了，即使刻意装扮，也还是比不上平日好看。

上班的一天，会见到老板或者上司，也可能会跟新的客户见面，不管怎样，总希望自己在别人眼里是出众的。谁不希望既有内在美，又有外在美？我们的斗志会鞭策我们要漂亮。我们并不是想拿些什么好处，想自己看起来吸引人些，那是理所当然的事。

但是，一到放假，不用见老板和上司，不用吸引任何新相识的朋友。头发乱蓬蓬又有什么关系？谁会看到？我们放假，我们的尊容也要放假，留待要用的时候才容光焕发。

　　上班的日子，人在江湖，并不是完全自由的日子。不自由的时候，我们的斗志反倒会昂扬些，帮助我们去作战，让我们愈忙愈漂亮。

　　难得放假，那是完全属于自己的日子。自由自在了，奋斗心也没那么强，斗志放假了，我们的容貌也只好放假一天。

一生一爱

假如一生只能拥有一个胸罩：

我喜欢买胸罩，喜欢蕾丝，喜欢所有漂亮性感又自然舒服的胸罩。我家里的抽屉，恒常放着五十个胸罩，依据颜色，一行一行整齐排列。但是，只能选一个的话，我的答案是：

La Perla（拉佩拉）的肉色细肩带全棉胸罩。

那是 La Perla 的经典款式，有白色、黑色和肉色三个颜色，肉色最漂亮。

肉色胸罩的颜色是最难做得好看的，La Perla 的肉色胸罩是我见过最美和最接近皮肤颜色的，穿上它，就像穿上了第二层皮肤。

一生只能拥有一个胸罩，也只能选它，唯有肉色，可以配任何颜色的衣服，它根本就是你的皮肤。

假如一生只能拥有一瓶香水：

Nina Ricci（莲娜·丽姿）的 L'Air du Temps（比翼双飞）。

一九四八年上市，有六十年历史了。很淡很淡的花香味，只有当别人挨近你，才会嗅到原来你擦了这么出尘脱俗的香水。

前调有佛手柑、桃子、紫檀和橙花油等。中调是五月玫瑰、兰花、丁香、山谷百合和鸢尾花等。后调是白檀香、西洋杉、香柏、琥珀、麝香与玫瑰等。它的瓶子是著名的 Lalique

（莱俪）水晶瓶，瓶塞是比翼双飞的鸽子，好浪漫好漂亮。

它是我收到男生送的第一瓶香水。

虽然我后来买过很多别的香水，虽然我总是买了香水回家又常常忘记擦香水，但它终究是难忘的第一次。也许，等到我六十岁生日的那天，我会再买一瓶，让记忆的香味在我老去的鼻子周围缭绕，怀念爱情初始的甜蜜。

假如一生只能拥有一双鞋子：

虽然 Giuseppe Zanotti（朱塞佩·萨诺第）的平底闪石凉鞋简直可以用绚烂来形容，虽然 Roger Vivier（罗杰·维维亚）本季的红色亮皮玫瑰花平底鞋美得我直想抱着它入眠，虽然 Tod's（托德斯）总有我喜欢的鞋子，但是，这些漂亮的鞋子都不是用来走路的，而是用来坐车或者踩在地毯上的，甚至是酒醉后带着微醺脱下来用手挽着、然后笑着跳着裸脚走在冰冻的大理石地板上的。

一生只能穿一双鞋子的话，我要一双舒服的运动鞋算了。

假如，除了白开水，一生只能再喝另一种饮料：

那还用说？当然是酒，因为可以醉。

假如一生只能喝一种酒：

粉红香槟，有年份的更好。

没年份的，我爱 Ruinart（汝纳特），它是最好喝的，它的粉红色泡沫在杯子里飘飞的时候也是最精致和最灿烂的。

假如一生只能读一本书：

加西亚·马尔克斯的《百年孤独》。它就是伟大。

假如一生只能拥有一张画：

凡·高的《星夜》。

但我深深知道，这是无望的梦想。

假如一生只能爱一个人：

一生之中，无论深爱过几个人，我们爱的都是同一个人，一个很像我，跟我是同类；另一个完全不像我，却补满了我的缺失。而其实，他们都是我。

到了后来，我们是跟同类厮守，还是跟看似完全不像我的那个人厮守？假如一生爱的是同一类人，我们是幸运地得到"升级版"，还是没那么幸运，只能得到一个"普通版"？

镜花水月与梦幻泡影的情爱纠葛，最终也只能由天意去决定。

一点绚丽的星芒

已故时装女王 Coco Chanel（可可·香奈儿）生前有一句名言："每次出门前，拿掉身上一件饰物，那便万无一失。"我没这个烦恼，我身上唯一的饰物通常是左手手腕上的一块手表，拿掉就不知道时间了。这两年，看到朋友戴的手链好漂亮，于是我也凑热闹买了一大堆，却是三分钟热度，常常忘记了戴。今年流行垂吊式的耳环，我也想买几对，却还没找到中意的，只好暂时拿掉这个想法。

珠光宝气毕竟是绚丽的，要戴出一份气质来却不容易。怎么买珠宝，怎么把珠宝往身上挂，都是学问和品位。昂山素季身上唯一的饰物是插在耳鬓上的一朵鲜花，德兰修女脖子上也只有一串十字架项链。但我们是凡夫俗子，贪恋人间的绚丽，那么，只好想法子不落俗套。

我拥有一双 Kate Spade（凯特·丝蓓）的白色水晶人字凉鞋和一双 Giuseppe Zanotti 的黄水晶平底凉鞋。穿一身素色衣服时，这两双鞋子便是我身上唯一的饰物，闪闪亮亮的，仿佛往脚背上缀了一串星星似的，可惜，这样的鞋子不好走路，不能常穿。

有时候，我干脆只在睫毛上擦一点闪粉，让它们自自然然地散落在眼睛周围，那便是我给眼睛戴了珠宝。这样的珠宝一点也不贵，不用时时刻刻担心给人抢了。

　　Coco Chanel 的忠告是拿掉一件饰物，我的心得是除了手表以外，只戴一件饰物，它可以是珠宝，也可以是一双亮晶晶的鞋子或是脸上的闪粉，甚至是一条珠片的印度围巾。一个人只需要一点绚丽的星芒已经够灿烂了，不用更多。要是你的手表已经嵌了宝石，更不要再戴任何饰物。

　　珠宝是用来炫耀的，不过，炫耀的并不是财富，而是品位和故事。我常常一厢情愿地希望每个分了手的男朋友在离开时都送我一件珠宝，一天，当我老了，我会把这些小小的玩意儿拿出来，它们每一件都代表一个无法长相厮守的故事。隔着遥远的岁月，这些都会让我怀念曾被某个情人宠得如珠如宝的日子。他们辉映过我的生命，爱情却是一颗永难完美的宝石。

星期五晚的月光

对单身的上班族来说，星期五这一天是最难熬的。

早上回到办公室，其他同事都打扮得漂漂亮亮准备晚上出去玩。有男朋友或者女朋友的，到了中午，已经忙着打电话订吃饭的地方或者确定今晚的约会时间。

已婚的，也要跟另一半找节目。人缘好的，已经约好了一大票朋友开派对。剩下来的，只有那些没人约的人。

不想一个人过一个星期五晚上，但又不好意思主动约会别人的，唯有坐在办公室里干着急。到了下午约莫四点五十分的时候，办公室里大部分人都已经有着落。

到了这个地步，没人约会的人只好急忙翻开记事簿看看可以找哪些朋友出来吃饭。可惜，拨了几通电话，那些朋友都已经约了人，连长得最丑的那个也跟人有约会。

五点钟，办公室的人都走了。你对着那部电话等一个朋友回电话给你。

六点十五分，他的电话终于打来了，他不在香港！最后一线希望也幻灭了。

已经七点钟了，现在才找朋友出来，人家会不会觉得你太没诚意？你以为人家像你一样没人约的吗？你对某某有点好感，但是星期五晚上七点钟才约人出来，太过分了吧？你对某某没意思，星期五晚上又太敏感，不能约他。

七点三十分，你只好拖着寂寞的身影回家吃方便面。为什么星期五晚的月光总是特别凄凉？

我自己不买珠宝

很久以前有一个电视广告，广告里的几个女人在洗手间里炫耀身上的珠宝，大意是说，女人的珠宝也可以是自己买的。

可是，我是不会买珠宝给自己的，珠宝应该是情人送的。

我尊重自己买珠宝的女人，她们很会犒赏自己，只是我不会这样做罢了。我只有几枚戒指、几对耳环，跟大部分女人的收藏品比较，也都不算多。但是，那些都是我的宝贝，是生命中美好的回忆。

我不介意你送不起珠宝给我，那么，我们都不要买好了。总是觉得，假如我自己买钻石戒指，是对你的一种贬低。

我不热衷买珠宝，然而，有时候我也会被漂亮的珠宝迷惑，那个时候，我会不经意地在对方面前说：

"这枚钻石戒指真美啊。"或者说，"很想找一对漂亮的珍珠耳环，我就是喜欢这么简单朴素的首饰。"

男人听见了，都知道下一步应该怎样做，除非他吃了豹子胆。

珠宝是比生命悠长的东西，它或许会留给我的孩子，或许陪我一起长埋黄土，也许在我消逝之后代替我长伴我心爱的人。这一份期待，我想由我爱的人来实现，而不是我对自己的犒赏。

最幽微的慰藉

常常有人问我，我心情不好的时候会做什么？

那首先要看看心情为什么会不好。知道原因，才可以对症下药，喜欢做什么便做什么。

你可以任性地丢下堆积如山的工作去睡一觉，反正，你清醒着也做不了什么。

你可以不顾一切暴饮暴食，例如捧着一大桶家庭装冰激凌，然后坐到家里那个马桶盖上边哭边照镜子边用一只大银匙挖冰激凌吃，或者硬把两个意大利比萨往嘴里塞，再用酒吞下去。吃完这顿悲情的晚餐之后，坚持不刷牙，不洗脸，不洗澡，脸朝下趴在床上睡得死死的。心情不好就有权邋遢。

你可以血拼败家，把这个月的薪水一下子就花光光，然后拎着大包小包回家，任由空虚的感觉如影随形，跟懊悔说："你去死吧！"

你可以夜里找朋友倾诉。这个朋友，你不必跟他说什么，不必解释，只要拿起电话，就可以很放心地对他大哭一场。喘着大气哭完了，你只需要跟他说："我很困，我去睡，明天再找你噢！"

你明天一觉醒来，把他忘了，他不会生你的气，只会担心你。但愿你至少有一个这样的朋友。

然而，你也可以读一部经典。

心情郁卒的时候，读一部经典小说，是灵魂最幽微的慰藉。

可以读的书太多了：《百年孤独》《安娜·卡列尼娜》《包法利夫人》《飘》《傲慢与偏见》《日瓦戈医生》《生命中不能承受之轻》《霍乱时期的爱情》……以前已经读过了，还是可以挑一部你最喜欢的，重温一遍。

经典自有其意义。当你心碎，当你孤单，当你自我怀疑，当你不想说话只想沉默，把这些时光都留给一本书吧。它也许不会使你快乐起来，但它会让你再一次明白人生的虚幻。

小说和人生最相似的是什么啊？不是故事和情节，也不是那些栩栩如生的人物。

小说和人生，都是大梦一场，而觉悟，总是来得太迟。

不可挽回的五种东西

不可挽回的包括：

一、青春

二、已秃的头

三、已拿掉的器官

四、已出之言

五、已变的心

一位太太在家里等丈夫回来，他答应了今天回来告诉她他的决定——回到她身边抑或跟第三者一起。这是多么漫长的一天！

她早就应该知道他的决定了吧？要是他打算留下来，为什么要等到今天？他要的，只是拖延。

已变的心是已逝的青春，记得当时的好就算了。

已变的心是已秃的头，世上还没有一种生发水证实绝对有效。不肯接受秃头的现实，什么生发水都要拿来试试，到头来，失望只会更大。

已变的心是在手术台上被医生拿掉的肝、胆、肾、肠子，永不复还。

已变的心是已出之言，想收也收不回。

情人变心了，无可挽回，只好节哀顺变，这是唯一方法。

你的卵子要存起来吗？

单身而又过了三十岁的你，有没有想过，要把自己的卵子先存起来，等你想用的时候可以用？

你不一定想要孩子，你甚至已经决定这辈子都不要孩子，但是，先把卵子存起来这个念头跟你要不要孩子是没有矛盾的。

男人只要活着的一天，即使老得牙齿都掉光光，走路都走不稳，还是可以不停制造精子，他的精子是否仍然活泼可爱勇猛非凡，那是另一回事。

但是，女人一生中的卵子却是有限额的，也会随着年纪而衰老，没有年轻的时候那么鲜活。

经痛总是把你折磨得死去活来。没有经痛的，每个月照样有几天特别不爽，特别想打人骂人嗫人，心情特别低落。但这起码证明，你的卵子还在。

医学的进步如今让女人可以把卵子抽取出来冷藏。那她就可以继续追寻她的梦想，继续她向往的单身而又有爱情、有事业的生活。有一天，她突然改变主意，子宫里却已经没有卵子可以用了，幸好，她早已经储备了一些。

可惜，大自然终究是对精子偏心许多。

存起来的精子多半很可靠，存起来的卵子，解冻后能让它的主人怀孕的成功率却很低，顶多只有百分之十一。

读过很多书又怎样？

一个刚刚受了情伤的男人生气地说：

"我读过很多书，她怎么可以这样对我？"

一个人受过多少教育，跟他会不会失恋又有什么关系？

要是书读得多就不会失恋，很多人也许都愿意多读点书。

读书多了，并不代表人见人爱。

读书和恋爱根本就是两码子的事。

一个上过大学的，跟一个只上过小学的，一样会失恋，分别只是前者觉得："我读了那么多书，为什么竟然会有人不爱我？"后者却说："她离开我是因为我没有学识。"

他不爱你，即使你是博士又怎样？

你读医，却不是个好医生；你读法律，却不是个好律师；那你的确是辜负了你所受的教育。然而，世上并没有一门学科叫恋爱，你又不是恋爱博士，失恋有什么稀奇？

爱情最是公平，每个人都有机会被甩。

她不爱你了，你可以说："她怎可以这样对我？"但是，请别说"我读过很多书"这样的傻话和笑话。

爱拼才会靓

上天对美人毕竟是残忍的。不管她保养得多么好，只要把她年轻时的照片拿出来比较一下，就会发现岁月还是悄悄带走了一些东西。是的，它怎么可能了无痕迹呢？

美人不经老，所以，很久很久以前，才会有一位迟暮的大美人轻轻叹息道：

"美丽是一件很辛苦的事。"

我也曾亲耳听到一位男士在我面前逢迎巩俐小姐说：

"唉！你来生也不要长这么美丽，美丽真是自找麻烦啊！"

当时站在一旁的我，听着几乎昏了过去。这辈子可从来没有人这样恭维我噢！

然而，上天对丑小鸭却是蛮仁慈的。当她身边那些红艳的玫瑰开得翻翻腾腾的时候，谁又会去注意她？她是如此不起眼。可是，当玫瑰渐渐开累了、褪色了，人们突然发现，就在玫瑰花丛的边边，走出来一只丑小鸭，她是什么时候变美的？她为什么好像不会老似的？

丑小鸭并非不会老，只要她争气些、努力些，时间的精灵也许会受到感动，偷偷延展她的时光，让她一路改善，走向自我完成和自我完美的路——不一定会变得完美，却起码是走在追求完美的路上。

美丽原来是可以努力的。多读点书，长智慧，长聪明，长见识，那样你才会认识自己多一些。把灵巧的心思用在人生上，也用在外表上，培养气质，学习品位，学会爱自己，换一个发型，修修眉毛，照顾皮肤，留心牙齿，注意身材，你说不定会脱胎换骨。还有还有……谁又会否定爱情的美丽荷尔蒙呢？它比得上激光、彩光和肉毒杆菌。一个男人的痴情爱慕是他送给女人的一顶亮晶晶的冠冕，所以，女人总是怀念爱情刚刚开始时那段患得患失和朝思暮想的日子，在她短短的生命里，那是最美丽而又波澜壮阔的一个时代。以后的感情和恩爱，都只是保养品而不是肉毒杆菌。

爱是一种意志，才可以与无常世事对抗。美丽又何尝不是？你必须有一点好胜心，才能够在命运的路途上扳回一城。只有傻瓜才会相信上帝是公平的。上帝的确偏爱了一些女人，又把遗憾留给另一些女人。然而，有一天，当丑小鸭羽化成天鹅，两只脚丫子走着走着突然离地起飞的时候，她终于明白，没有遗憾，就没有人生。爱拼才会靓。

有了 ××，还需要男人吗?

一九九九年三月，我在 *Amy* 杂志创刊号开始连载一系列"Channel A"小说，也是那一年，香港第一家星巴克咖啡店在铜锣湾波斯富街出现，成了那儿最时髦的一幕风景。我灵机一动，把星巴克这个场景放到我的小说里，配合我想写的都市男女爱情故事。

Channel A 由不同的故事组成，人物纵横交错，所有的主角却都曾在铜锣湾那家星巴克留下了足迹，也在那面偌大的落地玻璃窗后和咖啡的香味里过渡着他们的人生。

一九九九年之后，香港的星巴克就像其他大城市一样，愈开愈多。

星巴克的咖啡不算特别便宜，他们的蛋糕和三明治也不见得好吃，但是，人们就是喜欢泡在那儿，尤其是女人，你常常可以看到三三两两的女人结伴在店里，手上捧着一杯咖啡，叽叽喳喳地说着话，天南地北，消磨时间。

日本就曾经流行一个笑话：有了星巴克，女人还需要男人吗？

就是啊！女人的玩意儿多着呢。星巴克这个词还可以换成别的。

譬如说，有了 Zara（飒拉），女人还需要男人吗？

女人都可以在 Zara 消磨半天，尤其是假日，光是抱着一堆衣服在试衣室外面排队，已经杀掉不少时间。

　　要是两个女人一起，时间就过得更快了。你看我这件穿得好不好看，我又帮你想想到底该买白色还是黑色，或是索性两个颜色都买下来。说了大半天，口渴了，再去星巴克喝杯咖啡。

　　天色已晚，跟朋友道别，一个人挽着满满的两个 Zara 的购物袋，走在回去的路上，心里虽然有点空虚，幸好，今天血拼也有点累了，回家马上就会倒头大睡，什么也不用去想。

　　真的，有了 Zara，女人还需要男人吗？

　　Zara 也可以换成 H&M，换成 Mango（杧果）……

　　只有这些店，有事没事，你也会情不自禁走进去八卦一下。万一定力不够，又败家了一堆衣服，毕竟还是一个可以负担的小数目。何况，挑衣服和试穿衣服的过程，你是享受过的。

　　就像星巴克，它其实没那么好，但它就是有它的好。

　　星巴克，Zara，H&M，Mango 也都可以换成吃的。

　　有了巧克力，女人还需要男人吗？

　　有了蛋糕，女人还需要男人吗？

　　有了甜点，女人还需要男人吗？

　　可是，为什么以上用来代替男人的，全都是垃圾食物？就连咖啡，也是对身体不好的。

心中的色相

先后贴了一双红鞋和一束红色剑兰在博客里，于是，有人问我：

"你最近是不是爱上了红色？"

我从来就没有偏爱或者特别讨厌红色。我更喜欢的其实是白色的剑兰，白剑兰很难找，好像只有洋货。

每样东西都有它最美的颜色。法拉利跑车是红色漂亮，婚纱始终是象牙白色漂亮。百合花即使培植出再多的颜色，我仍旧喜欢白色。

每个颜色都有它最好看的一个层次，我觉得许多绿色都漂亮，但并不是所有的绿都漂亮。

最近迷上红鞋，是想偶尔用它来配搭我素净的衣服，我的衣服几乎都是肉色的。红色的包包和围巾，用途也如是。

红色的花有许多都漂亮，可我忍受不了红色的家具。假使要我住在一个摆着红色沙发和红色大床，再挂上红色窗帘跟红色吊灯的房子里，我应该很快会精神崩溃。

女人可以有很多颜色，随着心情、气质、身材和年纪改变，变心了也可以回头再爱一次。但我觉得男人最好的颜色永远是黑白灰蓝。我受不了穿红色三角内裤的男人，这种东西的恐怖程度比起男人的红色牛仔裤和皮裤有过之而无不及。磨旧了的红色三角内裤，应该罪加一等。

　　每一个人其实都有一种颜色，不是他穿的衣服，而是他给你的感觉。我一直以来喜欢的是深蓝色的男人。至于我自己，我不知道我是什么颜色，我只知道这一刻我肯定不是红色，不是黄色，不是紫色，也不是绿色和棕色。我也许有一点黑色，有一点肉色，也有一点淡粉红和白色。

　　从前的从前，要是有人问我最喜欢什么颜色，我很快就可以说出一个颜色来。然而，过了这么多年之后，我反而无语。我中意的不是那个颜色，而是那个颜色呈现的方式，就像一个人只要能够活出自己，就是灿烂的。最美的人间色相，不在外面，而在我心里，我看青山多妩媚，那么，青山看我也如是。

既然只有美酒交杯而没有不散的筵席，

只能曾经拥有而没有永远留得住的东西，

那么，也只好每隔一段时日舍弃一些，然后再舍弃一些。

最后留下来舍不得扔掉的，才是你最珍惜的。

◇
——

你清醒地知道那个人是否适合你。

你清醒地知道他是否一个能够跟你共度余生的人。

你清醒地告诉自己，算了吧，不要爱上他。

你清醒地计算代价，然后考虑自己是否付得起这个代价。

你清醒地不容许自己将来后悔。

你清醒地知道激情火花和恩情道义的分别。

你清醒地看到你和他顶多只可以维持三年，那已经是最好的结果了。

你能够清醒地控制自己的欲念，你知道自己在做什么。

Be Yourself then Be Loved

◇

———

爱情不是愚公移山，表态之后，得不到响应，
在明知不可为的时候放弃，是最优雅的了。

我心自有天涯，世界再广阔，

也比不上在一个男人的心里徜徉，那就是天涯。

爱情是一个人的事。我们用爱情来成就自己。我们透过爱情来自我完成。

爱是不自由的，只有在自我完成的时候，才会自由。

爱情缺席的时候，你像公主一样宠自己。

爱情翩然降临的时候，自会有一个人宠你。

◇
——

只是想听他说爱你，这是女人小小的虚荣。

这小小的虚荣的一刻，是爱情放在一个女人头顶上的美丽花冠，在记忆中永不凋谢。

公主和丑小鸭

我写过"Channel A"系列《我们都是丑小鸭》，也写过《我们都是公主》，一个小女孩问我："那我们到底是丑小鸭还是公主？"

丑小鸭难道不会变成公主吗？

在我们偷偷擦上妈妈的口红，穿着妈妈的高跟鞋在家里"噔噔噔"地走来走去，自以为很漂亮的那些童稚的日子里，我们不都是丑小鸭吗？

后来的一天，丑小鸭长成了公主。

我没说公主都是漂亮和可爱的，世上的确有不漂亮，不可爱，或者很倒霉的真公主。有的真公主甚至到老都是丑小鸭，不是天鹅。

当今的日本公主在嫁给她的平民老公之前，皇室一直为她的终身大事惆怅，惆怅是因为长相太平凡的单眼皮公主摽梅已过，无人问津。

公主怎么能够嫁不出去呢？急死人了！负责的大臣只好一厢情愿，不停放风声，拼命撮合公主跟门当户对的单身汉，可是，每一次，当报章报道皇室的花边消息，传闻公主正跟某某钻石王老五交往，那些男士全都忙不迭出来否认："没有没有！我才没有跟公主交往！"

多可怜的公主！真公主尚且如此，何况我们不是真的！

我们没有公主病，我们是自己的公主，也是自己的平民，天堂地狱都在我。

幸福快乐的时候，我们活得像公主；失意沮丧的时候，我们重又变回一只丑小鸭，躲起来讨厌自己。

女人难道不可以既是公主，也是丑小鸭吗？

爱情缺席的时候，你像公主一样宠自己。爱情翩然降临的时候，自会有一个人宠你。无论你有多么平凡，你的缺点再多，他嘴里说你分明就是丑小鸭，但你知道你是他的丑小鸭公主。

然后，有一天，我们都会变成老公主，跟我们的老王子一起。

要是老王子不争气，变成糟老头，希望到时候我们都还是老公主。

丑得有味道

长得美丽的女人，把自己打扮得很有味道，这个一点也不难。

长得不漂亮，而能够把自己打扮得非常有味道，才真是叫人佩服得五体投地。

有的女人长得很丑，她的一张脸，只会令你想起几何图形，或者毕加索的油画。可是，她很会化妆，很会穿衣服。她化的妆，不是掩饰她的丑，而是强调那些地方。她刻意去强调她的小眼睛、塌鼻子、大嘴巴和平胸。然而，她出现的时候，你不会说她丑，你只会说她很特别，或者你根本不知道怎样形容她。

丑到极致便会变成美。

有自信心的女人，不是想办法去掩饰自己的缺点，而是去突出这些缺点。世上有很多种美，有一种美，叫味道。什么是味道，那很难说。

百分之九十九的女人都觉得自己长得美，却不是每个女人都敢说自己有味道。丑得有自信，就变成味道。当你觉得自己不漂亮，不用沮丧。你可以使自己变得有味道。

你肯承认自己不漂亮，就已经比很多女人清醒和可爱。长得不漂亮的话，不要跟人比美貌，要跟人比味道、比气质。

时尚这东西

昨天买了一本薄薄的小书——《打扮的基础》，作者光野桃曾在日本担任时尚杂志编辑，其后移居意大利开始写作，作品多数围绕女性生活的风格。

会买这本书是被封面吸引。我喜欢风衣，虽然封面的一袭风衣线条太硬朗了，不适合我，但我喜欢的是封面设计和照片的摄影风格，作者不愧曾在时尚界工作。

我也曾花了将近十年时间做一本女性时尚杂志。像我这么执拗的人，要不是到了意兴阑珊的一刻，也不会轻言放弃。在香港这个地方做一本这样的杂志太艰难太苦了，我再也没有这份魄力，我也没有花不完的钱。

时尚杂志不是我能做的。我曾怀抱满腔热忱，挥金如土，不肯认输，可是，一路坚持，换来的只有更深的沮丧。每次打开自己作为出版人的杂志，也会发现，即便是自己聘请的员工所写的东西，似乎也距离真相很远，我却没有能力去改变这一切。

时尚是昂贵的东西，但是，一个人的时尚，终究便宜许多。我再也不想负担别人的时尚了。

在这本书里，作者分享了很多她对时尚打扮的心得，有些我同意，我们都喜欢风衣，都喜欢珍珠耳环，都喜欢优雅的手表，我们有共同喜欢的时装品牌，但是，作者有些看法我是不太认同的，我不喜欢穿丝袜，我不觉得爱马仕包包非得拥有一个不可。更何况它拿在手里那么沉！常常拿爱马仕包包的女人都要另外花钱去治疗肩痛。

日本女人对名牌包包的品位也是我无法认同的，她们总是一窝蜂买相同的品牌和类似的款式。虽然这是修养，但是，日本人好像很害怕与众不同。走在东京街头，你会发觉，年龄相近的日本人，打扮也很相像，他们就像穿了制服一样，漂亮却平板。

书的结尾，作者写到她认识的意大利友人安玛莉。安玛莉不是美女，也不是有钱人，但她从不拿自己跟别人相比，她从容自在，反倒拥有自己的风格。

意大利女人和法国女人都是这样的呀！她们是由欧洲深厚的文化和艺术品位养育出来的。她们穿衣服，不是衣服穿她们。

衣服展示一个人的品位，唯有气质使我们成为我们自己。

灵魂的微醺

我爱洗澡，习惯每天早晚洗一次，夏天更会多洗几次。可我是个急性子，每次洗澡都是匆匆忙忙的，速度很快，不像有些女孩子，一进了浴室，没有一小时不会走出来。

为什么总是那么匆忙啊？假如身体是圣殿，我并没有好好供奉这座圣殿。除了在外地旅行泡温泉的时候，我从不会慢下来对待身体，心情好或不好，也会任性地吃东西，当发现自己胖了，会自欺欺人地避开镜子不看，浴室的磅秤早就被我打进冷宫了。

近来不知道是良心发现还是身体太疲累了，我突然爱上了泡澡。

装满一缸热水，然后在水里撒一把二亿五千年结晶的喜马拉雅山粉红岩盐。岩盐可以舒缓疲劳和柔软肌肤。据说，在新月的夜晚和月圆之夜用喜马拉雅山岩盐泡澡，更可以排毒和提升心灵，不但洁净身体，也达到了洗涤灵魂的境界。

我习惯每天用不同香味的浴液洗澡，就像我不喜欢重复前一天的衣着。但是，泡澡的夜晚，我喜欢重复使用助眠的薰衣草。

身体到底是一座圣殿还是一具臭皮囊？要看是什么时候什么年纪和什么心情。

　　是圣殿也好，是臭皮囊也好，它终归是在这世上伴随你一辈子的。它也像它的主人，有自恋的时刻，也有脆弱、彷徨，甚至卑微的时刻。要是静下来泡一个澡能够让我们一窥此身的奥秘，换来一份觉知，那么，所花的时间终究还是赚了。当你在水中看到自己身体的倒影，突然了悟，身体是圣殿，也是臭皮囊，两者可以在一个人身上并存。到了最后，你还是要跟它拥抱，没法摆脱，也不需要摆脱。

　　这样泡一个澡，我想象，是灵魂的回眸，也是灵魂的微醺。

吃一种心情

好友去学做黑森林蛋糕，我当然必须"坐享其成"。

一个蛋糕，我占半个。

蛋糕是罪恶食物，每一口都是反式脂肪酸，吃多少进去，腰围就胖多少。可是，有时候就是很想吃蛋糕。

吃蛋糕吃的是一种心情。它是甜点中的桂冠，世上有很多比它好吃的甜点，却只有它能拿来庆生。我们都不会忘记自有记忆以来吃到的第一个生日蛋糕。我的那个生日蛋糕是粉红色的，蛋糕上面有两朵玫瑰花。我不记得那年我几岁，四岁？五岁？味道我也不记得了，只记得它的样子。

即使不是生日蛋糕，吃蛋糕的心情也总是愉快的。它就像一瓶粉红香槟，每一口都能让你把烦恼和悲伤暂时抛到脑后，明天的事，明天再去想吧！

我们生活的每一天岂会事事尽如人意？我们总是沮丧地发现，自己没有自己想的那么好，甚至并不是过着自己想要的生活，却又不知道自己到底想要过怎样的生活。

我们往往有太多的欲望，要面对太多的诱惑，我们也有太多的理由去自怜和放纵。那么，吃一块蛋糕吧，或者喝一口酒，明天再清醒过来，告诉自己，香槟有时，蛋糕有时，烦恼有时，可惜，青春也有时。我们的生命容得下偶尔的自怜和放纵，却容不下这两样东西没有尽头。光阴弹指过，下次吃蛋糕的时候，也许已经花白了头发，掉光了牙齿，吃蛋糕的心情也永远不一样了。

不属于我的妩媚

念书的时候演过一出话剧，戏里的角色需要穿高跟鞋。彩排的时候，导演给了我一双高跟鞋，可是，我一穿上高跟鞋就没法走路，最后，导演只好让我穿回平底鞋。我第一次拿包包，是二十岁以后的事。二十岁前，无论上班或上学，我只背个背包，从不穿裙子。

第一次拿包包的那天，我在家里的镜子前面看了又看，总觉得自己的模样很别扭。当时的我没想过，许多年后，我没有包包就没法离开家门。但我始终学不会穿高跟鞋。

我二十四岁才打耳洞，是为了戴上喜欢的人送我的一对耳环。其实，我不大喜欢戴耳环，每次戴久了，耳垂都会痛。

有时我想，我这辈子注定做不了一个妩媚的女子。妩媚的女子夜晚回到家里好像总是一边踢掉脚上的高跟鞋一边摘下两边耳垂上那对亮晶晶的耳环，然后光着脚走进浴室。

我从来不知道我是怎样的一个女子，我也不见得想知道。人为什么要那么了解自己啊？

看似永恒

　　我常常会一口气买下同款不同颜色的鞋子和衣服，每个颜色都那么漂亮，很难取舍，既然喜欢一个款式，多买几个颜色，也就不用四处去逛，反正我不喜欢逛街。

　　我是个闷蛋，只喜欢经典的东西。

　　我喜欢戴眼镜的男人，喜欢爱读书的男人，喜欢男人穿深蓝和灰色。

　　喜欢珍珠。

　　喜欢单颗的钻石耳钉和戒指。

　　喜欢平底鞋。

　　我喜欢永恒的东西。

　　可惜，世上好像并没有永恒。只好退而求其次，爱着看似永恒的东西。

　　我喜欢一样东西，可以喜欢很久。喜欢一个人，当然也希望可以一直走下去。有谁不是呢？

　　只是，人生的路，有时好像很短，有时却又好像很长。我们所渴求的长相厮守，总是要跟生命与世事的无常抗争。

美丽的颓废

星期五晚，人在家里，突然收到一盒巧克力，没想到会是名满天下的巴黎"巧克力之屋"（La Maison du Chocolat）。"巧克力之屋"的包装很像爱马仕，它是巧克力中的爱马仕。

巧克力是住在我楼上的朋友送我的。她是我的读者，偶然搬到我楼上，我们变成了朋友。她另一个家在法国。她说，她在巴黎看到我在博客提到这个巧克力，所以特地从巴黎带回来给我。

她带给我的是"巧克力之屋"的镇店之宝——黑松露巧克力。一九七七年创立"巧克力之屋"的蓝克斯（Robert Linxe）被喻为当代最了不起的巧克力师，更有人称他为巧克力之神和巧克力巫师。

一九九四年，法国一群爱好巧克力的美食家组织了一个巧克力俱乐部，蓝克斯是唯一获得最高评价的巧克力师。是他把法国巧克力送进巧克力的殿堂，与瑞士和比利时等巧克力大国并驾齐驱，也是他引领了黑巧克力的潮流。有人说，没吃过 La Maison du Chocolat 的巧克力，不算吃过巧克力。

La Maison du Chocolat 的黑松露巧克力是最好吃的，每一颗都是诱惑和罪恶，如同禁果之于亚当和夏娃。人们说，吃巧克力会让人快乐。我不知道吃巧克力是快乐还是享乐，就像我有时不知道，也不想去知道，爱情是享乐还是快乐。也许都有一点吧。

我总觉得吃巧克力是颓废的，它的卡路里很高，它会让你发胖，让你脸上长疮疮，它总会让你后悔吃太多。但是，人有时偏偏追逐美丽的颓废。

吃巧克力要配什么？还有什么比粉红香槟更适合？一口香槟，配一口巧克力，没有比这更颓废的了。

我吃了你的巧克力

美味的食物，我们总想留给喜欢的人，可是，人非圣贤，万一忍不住全吃掉了，那该怎么办？办法总比困难多，我来示范一下怎样写一张道歉的字条：

亲爱的：

今天一直等你，可是，你回来晚了。

时间从未如此漫长，我的内心天人交战。

一盒 La Maison du Chocolat 的松露苦巧克力，从遥远的巴黎远渡重洋，

宛如歌剧院穹顶上的一只幸福的野鸽，

晃着胖胖的小肚子，

它翩然来到我面前。

这个国家对手工巧克力的味道最为坚持，

这松露，

在我静待的时刻，

一再向我抛媚眼，

我说自己在你回来之前先吃一颗，

就一颗好了。

醇厚绵长的可可，是味蕾的一场盛宴，

唯有爱情的温香软玉能与之相比，

甜美如斯，谁又会舍得让它落幕？

不过须臾，我发现，盒子里已经一颗不剩。

此时，我心中极度慌乱，说不出地羞惭。

我想，假若换了你，

你肯定比我受得住诱惑，

你会留着给我，而不是把最后一颗也吃掉。

我为空空的盒子重新系上蝴蝶结，不是想抹掉我的痕迹，

在华丽的包装底下，

是我亲手写的这张字条，坦承我的罪行，

请你收下我的愧疚。

谨以至诚，对你起誓，这都是魔鬼的错。

可怜的我，正受到卡路里的惩罚，

我已变成那只野鸽，

甩不掉身上的小肚子。

都说巧克力是罪恶食物，

既然是罪恶，我心甘情愿一个人把所有脂肪扛下来。

相信我，它绝对没有你想象的好吃，它的滋味无法跟我的双唇媲美。

你的独吞了禁果的夏娃

最后留下来的

在书柜里清出一大堆旧东西和旧照片：

照片里的我，身上穿一件黑色的 DKNY（唐可娜儿）背心，那时的我很爱穿黑色的羊毛背心。

第二张照片里，我穿一袭 Prada（普拉达）的黑色连衣裙。

最后一张照片，我穿一袭 Dries Van Noten（德赖斯·范诺顿）的花裙子，我曾经很喜欢。

另外还有一张《面包树上的女人》韩文版的宣传单张广告，广告夹在当地一本女性杂志里。

许多朋友说，他们也留着很多旧东西，却舍不得舍弃。我不是特别潇洒，也许只是我年纪大些。当你舍不得，是因为你还年轻，有些人有些事有些感情，此时此刻，你还是放不下，当你没那么年轻了，当时的年少，俱成往事，终究明白了人生的匆忙。既然只有美酒交杯而没有不散的筵席，只能曾经拥有而没有永远留得住的东西，那么，也只好每隔一段时日舍弃一些，然后再舍弃一些。最后留下来舍不得扔掉的，才是你最珍惜的。

你是什么气味的？

英国和美国的科学家指出，气味能够唤起人们感性的回忆。大脑中负责嗅觉的部分，跟记忆区域十分接近。

我的嗅觉向来不够敏锐，气味从来没有引起我对某年某日的回忆。我唯一的嗅觉回忆，是男朋友身上的气味。

每个人的皮肤上都有一种独特的气味，跟一个人一起的日子久了，你会记得他的气味。你说不出那是怎样的一种气味，你只知道，那是一种不会在别人身上出现的气味。

有时候，我喜欢凑近他，深深呼吸那种独特的气味，那是我熟悉而又亲切的气味。是的，就是这种气味了。他的气味，是一种安慰。孤单的时候，我会想念他的气味。

有些女人喜欢用鼻子去嗅男人脱下来的衣服，她们灵敏得可以嗅出衣服上有没有不属于他的味道。我的鼻子没有这么厉害，我也不喜欢嗅闻衣服。我喜欢嗅闻一个人，喜欢那种伴随着体温散发出来的味道。然而，分手之后，我也无法记忆那曾经熟悉的味道了。

我从来不知道自己是什么味道的。曾经有一个人告诉我：“你身上有着婴儿刚刚喝完牛奶的气味。”那一定是因为我喝牛奶喝得太多的缘故了。

Chapter

03

第三章

女人的修炼

◇
——

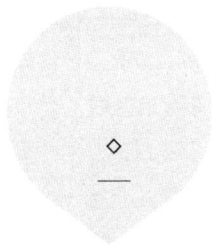

我们无法选择岁月，却有权选择过怎样的生活。

女人是随时会吓你一跳的。

单身女人的"三不"政策

有人问我，二十一世纪的单身女人应该是怎样的。我不是单身女人的代言人，我不懂回答这个问题。如果你问我，二十一世纪的我是怎样的，这个我倒可以回答。

我会落实执行"三不政策"。

"三不"就是：不照顾、不花心思、不仁慈。

"不照顾"就是不再照顾男人。照顾一个人，实在太累了。要关心他的起居饮食，关心他的工作、家人，还有他的情绪。你要把他照顾得妥妥帖帖，让他知道你是最好的。我不想再这么辛苦，我要别人来照顾我。

"不花心思"就是不再花心思去哄男人。所有节日、他的生日或重要日子，不再花心思买礼物或做些什么事情讨他欢心。送礼物是要动脑筋的，要你自己喜欢，又要他喜欢，多么困难？心思就是时间。假如有时间，也用来奋斗。

最后一点，就是"不仁慈"。对不爱的男人，绝不心软。既然已经对他没感觉，就不再拖拖拉拉，别浪费时间，也不要让他存着希望。让他存有希望，才是最残忍的。

对那些不识趣、死缠烂打的男人，更绝对不需要仁慈，不妨直接跟他说："我不想浪费你的时间，也不想你浪费我的时间。"

我们一起努力吧。记着：不照顾、不花心思、不仁慈。

女人最讨厌什么

这是其中一件事情：

一天，你心情很好，于是穿上新买的衣服，打扮得漂漂亮亮上班去，结果，几乎你遇到的每个人都问你：

"你今天晚上要去参加宴会吗？"

一定要去参加宴会才可以穿得漂亮一点的吗？你又不是穿了晚装。

这些人自己老是穿得随随便便，上班的那身衣服看起来好像是昨天睡觉时穿的。看到别人穿得讲究一点，他们马上露出一个不以为然的表情，语带嘲笑地问你是不是去参加宴会，言外之意是说你穿得太隆重了。

同他们比，你自然是隆重。可是，你从来就没问过他们天天穿成那个样子是不是一觉醒来就赶着上班，来不及换衣服。你也很厚道，没问过他们是不是没钱买衣服。他们为什么偏偏要破坏你的好心情呢？

他们知道一个人每天要捡起多少散落一地的自信心才可以挺起胸膛，带着微笑走出家门去吗？

生活中的每一天，我们脆弱的自尊心都会受到打击。有时候回到家里，只想大哭一场。为了不想看到自己的模样，只好奋力避开所有镜子。

　　难得一天，心情好，状态也好，穿什么都好看，于是细心打扮一番，只为了讨好自己、愉悦自己和鼓舞自己。没有赞美也罢了，还要被人问是不是去参加宴会。这些人，除了讨厌，还是讨厌。

女人的三个阶段

十九世纪奥地利名画家克里姆特有一幅名作，现今收藏在罗马国家现代美术馆，名叫《女人的三个阶段》。

画中展现了女性从女婴长成美女，再变成老妪的过程。在色彩鲜艳的地毯衬托下，怀中抱着婴儿的年轻母亲头上缀满了鲜花，看起来就像少女，熟睡的女婴粉嫩可爱。相较之下，母女旁边那个长发掩面的老妪身体衰老，手臂上的血管凸出，胸脯干瘪下垂，腹部鼓起，一一显示了岁月的无情。

我们都知道岁月多么无情，经过艺术加工的无情，却仿佛在年华终将老去的悲伤里缀满了晶莹的泪花。

那泪花，一旦回到现实里，却化成了一副年华老去，失去了光彩的形体。

我们并没有很多机会看到别的女人赤裸的形体，除非是在温泉里吧。

每一次，当我赤身露体泡在异乡的温泉里，别人在看我，我也在看别人。尤其在日本，泡温泉的，大都是老妪。

日本女人很爱美，即使上了年纪，也会化妆，泡温泉时，依然不卸妆。然而，身体却没法化妆。一次又一次，我看到皱褶的颈子、下垂的胸脯、鼓起的肚子、凹下去的臀部、筋脉凸起的双腿……毫无疑问，有一天，我也会变成这样。那短短的瞬间，我已然看到自己的将来。

　　就像跑马地天主教坟场上那两句著名的对联，下一句是这么写的：他朝君体也相同。

女人的养老金

一个女孩子问我：

"要是知道自己将会孤独终老，朋友都一个一个嫁出去，该有什么心理准备？"

这个女孩子未免太忧郁了。

不到老的那一天，谁又知道自己是不是孤独终老？

此时此刻身边有伴的，难道就永远不会分开吗？万一那么倒霉，老了才分开，不也是会孤独终老吗？

相反，此时此刻孤零零的，看着朋友一个一个嫁出去，有些还不止嫁一次，谁又敢说老了不会枯木逢春，不用孤独终老？

要是害怕孤独终老，该有的不是心理准备，而是现实的准备。

人是不会突然孤独终老的，而是一步一步走在那条路上。不是突然而来，到时候自然会慢慢接受。

要担心的反而是钱。

香港女人出名地长寿，孤独终老，说的是随时活到九十岁，甚至一百岁。那就是说，你要有一笔活到那么老的钱。

一想到钱，人就难免发愁。年轻的时候忙着储"养老金"，省吃俭用，要是最后不用孤独终老，当作中了头奖也罢了。

万一活不到那么老，岂不是亏了本？

　　然而，若是等到五六十岁，眼见势头不对，这辈子将要孤独终老了，这时才开始储"养老金"，也许已经太迟。

　　我的格言，是不要去想那么多。反正，我们每个人，终归也是会孤独终老的。

女人的花冠

许多女人都玩过这个明知故问的"游戏"：你知道这个男人喜欢你，他看你的眼神总是含情脉脉。他什么都抢着替你效劳。他随传随到，不传也到。他爱跟你消磨时光。他每晚都打电话来跟你聊天，好像一天里就是等待这一刻……然而，他却从来不说喜欢你。

一天晚上，他又"准时报到"，在电话里跟你天南地北地聊。你们说着说着，到了夜阑人静的时候，话题绕到了爱情。在你"诱导"下，他有意无意地掉进了你设下的陷阱，终于，他羞涩地向你坦承，他喜欢了一个女孩子。

你明知道他说的是你，你偏偏装作不知道，问他：

"是谁呀？"

他结结巴巴地说："你是知道的。"你笑了笑，说："你不说，我怎会知道？"

他腼腆地重复一遍：

"你这么聪明，一定能猜到我说的是谁。"

但你硬是不肯猜，非要他亲口说出来不可。要是他连表白的勇气都没有，就不配爱你。

终于，他深情款款地说：

"我喜欢你。"

就在他剖白的那一刻，你对着电话筒甜甜地笑了。

和他玩这个游戏，只是想听他说爱你，这是女人小小的虚荣。这小小的虚荣的一刻，是爱情放在一个女人头顶上的美丽花冠，在记忆中永不凋谢。

女人的幸福

中学四年级的时候，有一天，跟我最要好的一个同学突然羞答答地问我：

"有没有人称赞过你长得漂亮？我呢，从小到大，我的长辈都说我漂亮。"

时隔多年，也许连她自己也忘记了，我却始终记得这一幕，记得她脸上那个幸福的表情，也记得我根本没有机会回答她的问题。

每当想起那天的情景，我都很想笑。我不是取笑她，她虽然不是大美人，却也干干净净。而且，我好喜欢她，她很有主见和正义感。当老师要我罚抄又忘记了的时候，她竟然举手提醒老师罚抄的名单上遗漏了我。然而，到了后来，当全班同学都对我不好的时候，她却会孤身一人站出来支持我。我们是不打不相识的朋友。

我觉得好笑，是觉得只有女孩子才会这么可爱，也只有两个女孩子才会说这种近乎甜蜜的悄悄话。

说真的，我当时不觉得她漂亮，反倒是失去联络许多年之后，她刚从英国回来，我们再见，她告诉我，她放弃了一段多年的感情离开香港去读书，去追寻自己的梦想，她也做到了。那一刻，我觉得她比小时漂亮了许多。她做着自己喜欢的设计工作，也开展了另一段感情，可两个人都没打算结婚。

我不知道她如今结婚了没有。几年前，我们吃过一顿饭，然后又各忙各的。重聚的时刻，我始终不好意思像她当年提醒老师要我罚抄那样，提醒她，她和我说过的那些话。

做女人是幸福的。年少的时候，我们可以说那种甜蜜的悄悄话。长大了，我们可以做自己喜欢的事，可以打扮得美美的，也可以心情不好就蓬头垢面不见人。我们可以去血拼，胸罩发卡护肤品玩具熊什么都买一大堆回家，也可以把赚到的钱用来追寻梦想。我们可以对着自己喜欢的男人大哭或大笑，也可以擦着眼泪鼻涕问他喜欢我什么，为什么我那么讨厌，他却还是爱我？

再长大些，我们会发现世上有许多好玩的东西，何必老想着什么时候结婚？为什么老是担心自己没人爱呢？

除了爱上爱情，我们还有太多东西可以爱，也有太多东西可以喜欢和花心。

女人的特权

男人去找旧女朋友，总会被对方误会他还爱着她，他还是觉得她最好。他想再跟她在一起。他觉得以前对不起她，又或者是他近来很失意。

女人不会相信旧男朋友找她，只是想跟她见见面，没有任何目的。男人并没有随时可以找旧女朋友的特权。但我觉得，女人是有这个特权的。我们有特权随时找旧男朋友。

我不是还爱他。我不是觉得他最好。我不是想再跟他在一起。我更不是觉得以前对不起他。也许是我最近很失意吧。

跟现在的男朋友吵架了，立刻就想到旧男朋友。我想找一个跟我有过感情的男人坐在我身边罢了，并不是还爱着他。

刚刚跟现任男朋友分手，立刻就想到旧男朋友，想有一个男人关心自己罢了，并不想回到他身边。绝对不想。

很久没谈恋爱了，今晚很寂寞，打开记事簿，看到旧男朋友的名字，想起了他，于是打了一通电话给他，跟他聊天。这一刻，只是想向一个曾经跟自己很接近的人倾诉。怀念的不是旧情或者旧情人，而是旧时的自己。

请让我相信，女人是有这种特权的。

女人的修炼

不见一个男人多年，他的变化其实不会很大，顶多是秃了头或者长了个小肚子。可是，不见一个女人一段时间，她的变化却可以很大。不是变好，便是变坏。

有些女人，几年不见，忽然苍老了。这不是岁月的痕迹，而是生活的痕迹。同样年纪的两个女人走在一起，其中一个也许会显得比较年轻，可见岁月催人老，也有快和慢。

我们无法选择岁月，却有权选择过怎样的生活。

生活颠倒，不好好注重健康，也没有灵性的追求，日子有功，样貌就会变得平庸，那是多么昂贵的护肤品也挽不回的。

有些女人，本来不算漂亮，几年不见，却像换了个人似的，容光焕发。你可以猜到，这些日子以来，她多么努力为自己增值。就像练武功一样，一天不练功，只有自己知道。两天不练功，别人会看出来。三天不练功，渐渐地，就废了十年功力。

女人的日子，也是一种自我的修炼。

同样是失恋，有些女人放弃自己，有些女人却变得精彩。

你无法选择不失恋，但你有权选择失恋后怎样过日子。

女人是随时会吓你一跳的。漂亮的女人固然不能小觑，聪明又漂亮女人更不能小觑。聪明而不漂亮的女人也不能小觑，只要努力，她会蜕变。不聪明的女人，你也不要小觑她，那要看她有什么际遇，际遇会改变她。

女人的风情

女人的风情，男人的风度，已经愈来愈罕有了。没有风情的女人和没有风度的男人同样乏味。

女人的风情是"暖风熏得游人醉"，风情在骨子里的女人是第一流的，风情要卖弄已经是第三流了。

白雪仙小姐，六十多岁了，依然风情无限。风情不是风骚，而是尽得风流。

风情是柔情似水，风情是一种聪明，能叫人忘却生活里种种的不如意。

风情是一阕醉人的歌，像邓丽君千回百转的独白：

"来来来，喝完了这杯再说吧。"

二十世纪九十年代的女性以为风情是过时的东西，二十世纪九十年代的男人都是一群饿风情的男人。

我们在自强不息的时候，忘却了女人的风情原是靡靡之音，足以抚慰人的心灵。靡靡之音不是艺术，只是一种通俗的东西，但通俗的东西是大多数人需要的。

可知道女人的风情是男人的麻醉剂？

女人的毛病

男人总是会对面前的女人说："我从没有这样对一个女人——"无论听过多少个男人说这种话，每一次听到的时候，我们还是会由衷地相信。为什么会相信呢？

我们竟然相信他从没这么爱过一个女人、相信他从来没有为一个女人如此着迷、相信他从来没有对一个女人这么温柔、相信他从来没有对一个女人这么热情……我们甚至相信他从没这样吻一个女人和抚摩一个女人。

怎么可能呢？他以前又不是和尚，他又不是从深山里跑出来的。我们有这么大的魔力吗？假使他从来没有对以前的女人说过甜言蜜语，她们怎会留在他身边？他以前的女人每次都是自己爬到他身上强暴他的吗？

我怎能相信能够挑起你情欲的只有我一个女人？

我不相信的理由很简单，因为你是男人。

可是，每一次听到男人说："你是最特别的——"我们总是一边怀疑，一边相信。也许，这一次他说的是肺腑之言，我在他生命中是最特别的。以前是那些女人非礼他，只有我例外，是他想非礼我。

连这些事情也相信，也许就是女人的毛病。

女人的勋章

我很怕男人哭。

他哭，我也会哭。只要他流下一滴眼泪，我的泪水就会汹涌而出。

他哭，我会觉得我没用，我什么忙也帮不上。

他只是哭，什么也不肯说，我会害怕他要离开我。

他哭，我会心痛，宁愿哭的是我。

当我爱他，他每一滴眼泪都震撼我心。

当我不爱他，他的眼泪令我很内疚。

当他哭着说："不要离开我。"我怎么能够说："我已经不爱你。"他哭得太迟了，但我还是心软。

他流着泪忏悔，我会重新怀疑自己的抉择，纵使我曾经多么坚定。

他哭，我会觉得自己是一名残忍的刽子手。

他哭，我会觉得我毁了一个男人。我为什么把一个好端端的男人弄成这样，人不像人，鬼不像鬼？

不过，他哭总好过我哭。一个女人要走，男人的泪水，只是他送给她的勋章。她不会忘记，在她生命中，有一个男人曾经为她哭。

至于我爱的男人，他一哭，我便心碎。我什么勋章也不要。

女人的胸

男人的胸是女人的 home，女人的胸也是男人的 home。

良家妇女的胸是家，留给她最爱的人，只有他可以回来。

欢场女子的胸是酒店。酒店和家是不同的，男人自己明白，可是他们当中有些人喜欢住酒店。

幸福的女人，她的胸只是一个男人的 home。

曾经沧海的女人，她的胸是几个男人的 home。无论是一个或几个，她也曾用心为男人提供一个温暖的家，没想到他会离家出走。

男人的胸坚强，女人的胸温柔。男人的家跟女人的家终究有些分别。男人的胸可以同时成为几个女人的 home，还可以有房出租。但女人的胸，若同时成为几个男人的 home，便是淫荡，会被人看不起。

男人用胸肌来装饰胸部，女人则用文胸，因此女人的 home 比男人的 home 更浪漫，消费也更高。

女人希望拥有一个雅致的家，可是这一切不由你决定，由遗传因子决定。你妈妈拥有一个怎样的家，你大概也拥有一个这样大小的家。有些男人喜欢住大屋，有些男人则认为大小不要紧，内涵最重要。

男人一旦把一个女人的胸当成 home，他追求的不是大小，而是温暖。女人的胸一旦成为一个男人的 home，她才有温柔下去的意义。

　　如果没有爱情，女人宁愿 home alone。

女人的躯壳

一个男人说，他对女人只有一个要求，就是她们的躯壳。他不需要她有学识，不需要她有头脑，不需要她有性格，因为这一切，他自己已经拥有，无须找一个女人来挑战自己。他也不需要跟女朋友沟通，他有很多朋友可以沟通。他只凭外表喜欢一个女人。

但，到头来，这些年轻的女人却一个一个离开他。他终究不明白，他对她们要求如此低，她们竟然还不满足。

男人需要的，是温存；女人需要的，是温暖。

男人可以纯粹爱一具躯壳，女人却不可以。当爱情消逝，男人提出分手，痴心的女人还可以含泪挑逗男人，男人多半受不住引诱。若是女人提出分手，她甚至不愿意这个男人再碰她。

女人不会爱一具躯壳，也不想单单因为自己的躯壳而被爱。女人虽然会喜欢一个英俊的男人，最终还是希望跟他沟通。女人也渴望男人会欣赏她躯壳以外的东西。一具躯壳终究会老去、褪色，单单迷恋她的躯壳的男人，并不能给她安全感。

男人为了美丽的躯壳，而选择一个智慧水平比他低很多的女人，结果女人却感到苦恼。她想跟他沟通，但她发觉自己压根儿就不知道他脑子里想什么，而这个男人也不打算告诉她他在想些什么。女人于是失意地离开，她不能如此耽误青春。

女人的上面和下面

在街上吃鱼蛋面时，邻桌有四个三十来岁的男人，外表有点草根，谈话却不乏佳句。其中一个男人说：

"男人最重要的是上面和下面，女人最重要的是前面和后面。"

用他的语言来解释：男人的上面和下面应该是脑袋和那话儿。男人要有智慧，又要有性能力。女人的前面和后面，应该是指胸部和臀部。女人要玲珑浮凸才有吸引力。

男人真的只需要上面和下面吗？我觉得前面和后面也很重要。前面是他的胸襟和远见。男人最好有点眼光和怀抱吧？只看到眼前的东西，没有抱负，胸襟又狭窄，这种男人太渺小了。

男人的后面也很重要。他必须是一个安全的大后方，让女人可以倚靠。他是我最后的堡垒，即使全世界的人伤害我，他仍然会留在我身边。

除了前面和后面，女人的上面和下面也同样重要。只有前面和后面，没有上面的脑袋，肯定要吃男人的亏。至于女人的下面嘛……不要心邪，我说的是两条腿。当你爱的男人不再爱你或是不值得你爱，千万不要再留恋，一定要跑得快，别为他浪费你的青春和深情。

女人与地狱

男人看不起那些自以为万人迷的女人，但男人之中，也有不少自认万人迷。

他不知哪里来的自信，认为许多女人都对他有意思，而且经常幻想跟他亲热，他认为大部分女人都迷恋他的智慧和身体，于是，他在女人丛中，特别顾盼自豪。若有一个女人多望他一眼，他坚信那个女人正用眼睛非礼他。若有女人跟他多聊几句，他认为她是引他注意。女人穿得性感，他认为她是想挑逗他。女人拨错电话号码，打到他的电话，他认定这个女人借故找他。

女人说清楚："对不起，我对你一点意思也没有。"他却说这个女人只是不敢承认。

沾沾自喜的他，到处告诉别人，很多女人喜欢他，而且还指名道姓，一厢情愿。

对付这种男人，有什么方法？你愈骂他，他愈觉得你在乎他，他已经到了厚颜无耻的地步。唯一方法，就是蔑视他。

威廉·康格里夫说："天堂之怒不比由爱转恨之烈，地狱之暴亦不如女人之轻蔑。"

上帝的愤怒，也不及情人的恨意可怕，魔鬼的暴烈也不及一个女人的轻蔑。

　　女人对一个男人的轻蔑比地狱里各种酷刑更残酷。对付男装万人迷，最好忘记他存在，不用咒他去地狱，女人本身，可以是天堂，也可以更甚于地狱。

不讲理的女人

我最没有可能做的工作是物理学家。

我完全不明白关于物理的一切。那时上物理课，我把做实验时烧熔了的胶喉管，粘在同学的屁股上，她跑了一大段路去吃午饭，还没有发现，那是物理课带给我最快乐的回忆。

难忘的还有教物理的老师。我们都是女生，大部分是科学傻瓜。上课的时候，通常是他一个人自说自话。

如果我测验得四十分，他说这次四十分已经及格。我每况愈下，拿了二十分，他说这次的题目很难，二十分已经合格。

所以，我是物理课及格的物理盲。

这因为我是个蛮不讲理的人。

我被人骂得最多的话是："你这个人蛮不讲理！"

对不起，道理不是对最爱的人说的。

男人不必拉着女朋友说：

"你听我解释。"

因为我们会说：

"不听！我不听！"

如果我原谅了你，不是因为我听了你的解释，而是因为我仍然爱你，被你急于向我解释的样子感动了。

刷地板的女人

E 小姐星期天看杂志，知道巩俐小姐每次来香港，住在男朋友黄和祥先生的家里，都替他煮饭、洗衣、清洁客厅、刷地板，令黄先生十分感动。E 小姐照办，当夜就替男朋友刷地板。

E 小姐的男朋友回到家里，发现胖胖的 E 小姐跪在地上，卷高衣袖，蓬头垢面的，拿着一只大木刷刷地板。

"你干什么？"他问她。

"替你刷地板。"她温柔地说。

她以为他一定会感动得说不出话来，谁知他说："这是柚木地板，不能用刷子去刷的，要抹地板，应该用地拖和水晶蜡。"

E 小姐怎会不知道用地拖更舒服？但她觉得跪在地上那个动作才够煽情。谁知男人一点也不感动，她气馁得倒在地板上。

E 小姐不是错在刷地板，而是错在她是一个普通女人。

一个普通女人替男朋友刷地板的震撼力当然比不上一个大明星。公共屋村里，不知有多少主妇每天都在刷地板，你问问她们的丈夫是否感动？

女人肯为男人做一些她根本用不着去做的事情，才可以感动男人。她是大明星，放着菲佣不用，亲自去刷地板，这才感人肺腑。

　　你不必深究替一个男人刷地板是否就代表爱他，你只需要
知道，要得到一个男人，有时也需要一种手段。

眼界非凡的女人

女人的眼界往往比男人准确。

有一年，奥林匹克运动会定向飞靶项目，男女混赛，拿冠军的是女人。

所以，能一矢中的的，往往是女人。

我们眼界准确，已毋庸置疑。至于打篮球输给男人，不是输在眼界，而是输在高度。况且，你以为投篮难度高，还是射击难度更高呢？

因此，男人不必惊讶，当一个女人发脾气，要抓起东西乱扔的时候，虽然情绪激动，她仍然能够一手就抓起不属于自己或是不贵重的东西来扔。

虽然衣柜里塞满大家的衣服，她仍然能够准确地拿出男人的衣服来剪烂，而不会剪错自己的。

当她伤心欲绝，要离家出走的时候，她也能拣出最名贵的那几件衣服扔进皮箱里，不会弄错。

所以，不要怀疑女人的眼界，我们随时会令男人眼界大开。

爱才的女人

女人最可贵的地方，是爱才。

女人爱才，非常直接。他文采风流，才高八斗。他的画，落笔非比寻常。他的电影，自成一格。他写的歌词，让人叹息。他的音乐，是天籁。只要男人拥有其中一种才华，就足以使女人为他倾心。

男人的才情令女人目眩。即使他长得像爱因斯坦或武大郎，女人仍然心甘情愿爱他，并且在他怀才未遇、生活潦倒的时候，在经济上支持他。有财的男人很多，有才的男人太少，女人都想拥有一个。

女人最可悯的地方，也是爱才。

要知道，所谓才子，其实是生性顽劣的天才儿童。他们非常难教，情绪多变。才华横溢，生活上却低能。女人爱上一个才子，要比爱上一个普通男人付出更大努力。天才儿童未曾早逝，女人已经早衰。

才子愈来愈放纵，也是女人纵容的。女人有一种误解，以为一个才子如果不够任性、不够多情、不够疯狂、不够善变、不够花心、不够无耻，便是他的才气不够，女人在埋怨他的同时也欣赏他，她以为才子不应该是正常人。

但是，女人终于也会清醒。她的才子一直怀才未遇，她供养他，他却不停爱上其他女人。她伤心欲绝，黯然离去。

　　磨蚀才情的，是生活。磨蚀一个女人爱才的心志的，也是生活。

吸烟的女人

不快乐时，抽一根烟，醉烟的感觉像醉酒那样伤感。烟，让我想起一个爱情故事。

我从前有位女朋友，烟抽得很凶。可是她男朋友最讨厌别人抽烟，所以，每次跟男朋友见面之前，她会刷牙漱口，清除口里的烟味。

那天晚上，我在她的家里，她一根接一根地抽了两包烟。这个时候，她男朋友刚好打电话来，说他正在附近，十分钟之后来到。

她吓得魂飞魄散，连忙跑去刷牙。刷牙刷了一半，她从浴室跑出来叫我帮她把窗打开，那一刻，她口里全是牙膏泡沫和鲜血，半条牙膏挂在她的胸前，那是因为太心急，太用力刷牙，所以流血。

口里有一股牙膏的薄荷味，她觉得太着迹了，人急智生，又灌了几口白兰地，把口里的薄荷味变成酒味。

后来，他们分手了。每当谈起那天晚上的狼狈相，她苦笑凄然。

肯为一个人去假装自己，也许是最细微的爱与牺牲，笑中有泪。我只是不知道，曾经是她假装没有抽烟，还是他假装没有嗅到烟味。

撒娇的女人

有人说，会撒娇的女人最幸福。

假使没有可以撒娇的对象，又或者你爱的那个人不如你爱他，对你的撒娇毫不受落，无动于衷，那么，一个女人再怎么会撒娇，也像对牛弹琴，那是寂寞而不是幸福。

会撒娇，比不上可以撒娇。有一个可以让你撒娇的人，才是幸福吧？

撒娇会不会很肉麻？要看是谁撒娇，又向谁撒娇。爱情无疑是会使人变得肉麻，就像它有时候会使人变笨，只有当事人不觉得肉麻，也不觉得自己笨。怕肉麻的人，是不适合撒娇的。

撒娇也要讲天分，这种天分并不是每个人都拥有。有些女人，撒起娇来有如行云流水，别说男人，就连同性也受落。有些女人长得楚楚可怜，不需要开口，只消一个受伤的眼神已经让人心软。有些女人外表冷冷的，或是性格硬邦邦，她说的那句话明明是想要撒娇，对方听起来却像抱怨，也像责备，结果，撒娇不成，倒是吵架收场，多么委屈！

一个女人纵有撒娇的天分，对象却又比天分重要。空有一身本领，明月照沟渠，终究比不上不会撒娇却被爱着的女人。

好女人是衣物柔顺剂

好女人，其实是一瓶衣物柔顺剂。

上一代没有衣物柔顺剂，女人选择温柔婉顺，或多或少是由于传统、生活和家庭。

这一代，洗衣机有衣物柔顺剂这一格。女人选择柔顺处理，是自行挑选了温柔婉顺做武器，不能说自贬身价。

一个本来不柔顺的女人，最终选了温柔做武器，必是受过惨痛教训，发现温柔才是不费劲却又最厉害的武器。

任何质料的男人，只要用法得宜，女人都可使之柔顺松软。

如果他是来自大自然、不受拘束的羊毛，给他自由和空间，让他回复天然弹性。

如果他本来就是粗糙的毛巾，不解温柔，粗心大意，则以双倍细心和忍耐代替埋怨，让他感动、内疚。日久变得柔软舒适。

如果他是人造纤维，最害怕静电，请不要管束他，而是温柔地等待。有需要时，不妨加进几滴眼泪，渐渐使之顺滑服帖。

如果他是棉质、麻质和混纺，脾气不好，容易起皱，不必跟他争执，选择在他平心静气时才温柔地提出自己的意见，渐渐地，他会容易熨平。

　　当然，男人首先要是一件像样的衣服，女人才肯做衣物柔顺剂。

置之 cheap 地而后生

没有人想 cheap，有时候，我们却身不由己地 cheap。

C 说，她上个月跟男朋友分手了。他有另一个女人，她不能忍受跟别人共同拥有一个男人。分手之后，她却舍不得他。她两次主动打电话给他，他的反应很冷淡。

她觉得自己很 cheap。她打电话给一个已经不爱她和不再关心她的男人。她问："我是不是真的很 cheap？"

寂寞是 cheap 的元凶。当你找不到另一半，当你孤单的时候，你唯有 cheap 一次。cheap 一次有什么关系呢？

人家说："置之死地而后生。"我们是"置之 cheap 地而后生"。明知道爱情已经消逝，还是不肯放手，还是希望他回心转意。我很想高傲一点和高尚一点，可是，我的心灵愿意，我的肉体却软弱了，我想念他。我真的觉得这样做有点 cheap，最后，我还是拿起话筒打电话给他。只要他还爱我，我就不 cheap。

他的声音是如此冷漠。当他不爱我，他竟比我高尚。

那一刻，我如梦初醒。不 cheap 不 cheap 还是 cheap，我 cheap 了一次，看到他已经彻底地变心，而我，终于可以死心了。我不会再找他，我要重新做一个高尚的女人。曾经 cheap 过，才学会自爱。

女人的床上礼仪

有些女人，在上床前，礼貌周到，把自己最好的一面尽量表现出来，一到床上，便原形毕露，仪态尽失。要在对方心中留下美好印象，应该要注意床上礼仪，床上礼仪就和餐桌礼仪一样，足以表现你这个人的知识和风度。

女人在事前半推半就，虽然虚伪，却是一种仪态，切忌急躁。

事后不要抽一根烟，除非你不是正经女人。

欲火焚身时，也不要主动宽衣，这些工作应该留给男人做。跟对方还不是太熟的话，不要主动解开他的皮带，替他脱衣服或撕烂他的衣服，使自己看起来像性饥渴。然而，当他无法解开你身上一些衣服时，可以悄悄帮他忙。

在适当时候，发出适当的叫声，是对对方的一种鼓励和赞美，等于看歌剧要鼓掌。

不要在过程中睡着或催促对方，这是很没有礼貌的。

在床上应尽量赞美对方的外表和能力，把六十分说成一百分，对方自然会礼尚往来，称赞你是他见过的最漂亮的女人。不必介意说谎，谁会在床上说真话？

事后不要缠着男人说话，应该理解他们是很疲倦的。大部分男人都是在这个时候让女人有机可乘，将他去势。

情色的诗意

　　曾经有编辑找我写情色小说，任我开一个价，甚至不需要我用真名。他的"好意"，被我婉拒了。

　　我不是看不起情色小说，我是看不起自己罢了。我自问没有信心写得好。假如写得好，我用自己的真姓名写怕什么？七情六欲又不是见不得光的事。写得糟糕，才真是没脸见人。

　　一流的情色小说，本身就是文学。写情色小说，比起其他小说更需要作者的才气。他不必热衷性爱，太热衷的话，便没有时间和体力写作了。但他的确需要有深厚的文字功力和想象。

　　人体的面积总共才那么小，身体上的洞洞也不过是那几个，在这些洞洞上做功夫，很快便写完了，没有生花妙笔，便无以为继。

　　有人以为把爱情小说写得咸湿一点便是情色小说，也有人以为把做爱场面写得大胆露骨便是好的情色小说，这些人大概还没读过好的作品。

　　性爱并不单单是性器官的交合。美妙的性，必然包含了爱、激情、期待、欢笑、泪水、承诺、争吵、嫉妒、梦想、遗憾，还有光线、气味、美酒佳肴。

　　欲念需要爱情的滋养。引人入胜的情色小说，是一首诗，它不会放过对每一个细节的描摹，让我们从美好的性事体会爱情的极乐。

　　这岂是我现在可以做的呢？我只能告诉你一点看法：性爱若缺乏了诗意和期待，只会沦为一个乏善可陈的感官游戏。

情人的手表

有一天要分手的话，我会抢走对方身上一样东西。

我要抢走一块他戴过的手表。

分手的那天，我会把他心爱的手表据为已有。那块手表，要是皮带的。

为什么要是皮带？那样的话，我可以拿去手表店，请他们为我在皮带上打洞。他的手腕比我粗，手表戴在我手上，实在太大了。那没关系，只要在上面打两个洞，或者三个洞，那就变成我的手表了。

它大得跟我的小手不成比例。我天天戴着那块巨大的手表，哀悼一段消逝了的爱。只有这样，我才可以欺骗自己说，他和我仍然是咫尺之近的。

只有在洗澡和睡觉的时候，我才会把手表摘下来。在他送给我的礼物之中，没有一件比得上这最后一件。

一天，他说："你可以把手表还给我吗？"

好的，我就是等你开口说这一句话。抢走你的手表时，我多么害怕你索性不要！

我会把手表还给你。从此以后，每一次，当你戴上这块手表的时候，你会记得，皮带上那些新的洞，是我留下的，它有过我小手的痕迹。

光阴之于女人

若有一天，男人与初恋情人重逢，他会希望她仍像当年，丝毫没有改变，而不是由漂亮迷人的女孩子，变成一位衰老、肥胖，挽着两个塑料袋，在街上呼喝着丈夫和儿女的妇人。男人几乎不敢相信，眼前这位太太是他年少时魂牵梦萦的人。在男人的回忆里，她不是这样的。太残酷了。他不愿他的青春梦里人输给光阴。

若有一天，男人与曾经刻骨铭心的女人重逢，他希望她活得快乐，而没有由年轻漂亮、充满自信的女孩，变成衰老、失意、忧伤、失去光彩的女人。即使当年是她离开他，他也希望她得到幸福，而不是变成这样。如果当年是他离开她，他更希望她会找到幸福。一旦她输给光阴，失去美貌和自信，男人不禁内疚。

然而，若有一天，男人重遇那当年艳名远播、颠倒众生，却傲慢、冷漠、不可一世的女人，他希望她变得衰老、肥胖、青春不再。他也曾拜倒石榴裙下，但女人看不起他，推搪他的约会，利用他、愚弄他，对他说："你配不起我！"

男人自尊心受损，悄悄离开。他知道无法赢得她的芳心。

但，岁月为男人复仇，多么得天独厚、多么动人心魄的女人，也会老去。失去无敌的青春以后，她也失去对男人呼之则来、挥之则去的特权。

如果她依然傲慢、冷漠、不可一世，她将得不到任何男人。

岁月从来优待男人。当年爱慕她，却饱受冷眼的小子，今天已经变成稳重成熟的男人，散发着魅力。当年骄傲的女人却败给岁月。

对女人最大的惩罚，不是男人，而是光阴。

下半身是情人

从前，是女人问男人："我是你什么人？"

今天，是男人倒转过来问女人："我是你什么人呢？男朋友？"

不，不是男朋友，因为她已经有男朋友了。无论她身边有多少男人，只有一个可以称为男朋友。

或者，她并没有男朋友，但是，这个正在和她交往的男人，还算不上是男朋友，他还没达到那个境界。

"那么，是情人吗？"男人问。

情人的称号好像有点奇怪吧？似乎只是干那回事的朋友。

"那是情人知己吧？"男人又问。

我们爱着并且和他一起生活的男人，又似乎永远不会成为我们的知己。

"是好朋友吗？"男人一脸疑惑地问。

好朋友又不会干那回事！

"难道我是你的儿子？"

不！无论年纪多大了，我们还是喜欢做男人的小女孩，我们才不要侍候一个长不大的男人。

"那我到底是什么？"男人苦恼地问。

现在竟然轮到男人想要名分。这样吧，你的上半身是好朋友，下半身是情人。

照顾与 "照住"

V时常跟她的男朋友说："爱，就是照顾。你爱我就要照顾我。"

她所指的照顾是男朋友有责任每个月替她缴付信用卡的账单，陪她买衣服，并且替她付钱。她喜欢什么，就买给她。她独个儿去旅行，他也要负责她一切开支。

她像个贪得无厌的人，还俏皮地告诉我："我必须要灌输这种观念给他。"

结果，分手之后，他不再照顾她。她很肉痛地说："原来要自己付账单是很心疼的。"

如果照顾是物质上的照顾，一旦失去，顶多是肉痛而已。

只有当照顾是感情上、心灵上、人生路上的照顾，失去的时候，才会觉得可惜。

一个跟你来往不久就愿意替你付账单的男人，心中也有一笔账。他会在你身上取回，他会计较你值不值这笔账。

只有用爱来照顾一个人的时候，我们才会毫不计较，还深恐自己照顾他照顾得不够好。

只能够被男人用钱去照顾的女人，是最贫穷的女人。

我们富足，乃因为被爱。

照顾不是施舍，不是从荷包拿钱出来那么轻易。照顾必须付出努力，我爱那个我为他努力的人，而我爱的人，我会为他努力。

　　只付钱那种，不是照顾，是"照住"。

大家的那个

大伙儿聊天的时候，一个四十几岁的男人说："我也很想尝试做女人，我只是最受不了女人每个月有那个……"

我取笑他："到了你这个年纪才变作女人，每个月应该已经没有那个了。"

男人觉得女人每个月的那个很麻烦，女人倒是觉得男人身上的那个才麻烦。

我喜欢做女人，来生还是希望做女人。总觉得女人的身体和线条是比男人好看的。男人身上的那个，怎么看都不是艺术品。

做男人，最苦的还是要穿裤子。古代欧洲的男人是穿裙子的，不知道什么时候开始，穿裙子变成女人的专利。男人的身体构造根本不适合穿裤子，尤其是不适合穿牛仔裤。

女孩子们笑了，都同意我的看法。我们女孩子可不同了，穿裤子潇洒，穿裙子漂亮。穿裤子的时候，也不用决定那个东西应该放在左边还是放在右边。

座中另一个男人很认真地说："现在已经有些男装内裤可以把那个固定在正中间。"

有这种裤子吗？那么，是否还可以选择要中间偏左还是中间偏右呢？

　　女人每个月的那个的确麻烦，不过，比起男人的那个，我还是宁愿要我这个。

他不陪你吃饭？

男朋友今天晚上又不陪你吃饭。他有工作要做，他有不能推掉的应酬。那怎么办？

与其发脾气或凶巴巴地骂他，不如想法子令他内疚。

他在电话那一头说："你自己吃点东西吧。"

那么，你就告诉他："我不吃了。"

"你肚子不会饿吗？"他问。

你轻轻地说："你不陪我吃饭，那么吃饭就只是为了活着，有什么好吃？"

虽然很肉麻，但男人听到了，一定会立刻膨胀好几倍，觉得自己很伟大。以后，他会尽量陪你吃饭。一旦为了其他原因不陪你，想起你说的话，他会内疚的。

假如他说："你自己吃点方便面或是什么吧，总之不要挨饿。"

你便可怜兮兮地说："没有你陪我吃，再好吃的东西也没有味道。而且，我不习惯吃饭时要自己夹菜。"

他一听到你这样说，心都软了，以后会尽量抽时间陪你。

他不陪你吃饭？嘿嘿，你就要他内疚死。当然，你不用真的不吃饭。

检查他的浴室和厨房

男人的家，不单反映他的品位，也反映他的私生活，女人第一次到有好感的男人的住处，务必观察入微。

首先，留意他的浴室里有没有女人用品。

如果浴室里有一顶浴帽，别相信是他自己用的。有两支牙刷的话，一定是有女人留宿，别相信他用另一支牙刷刷指甲。

留意浴缸或地上有没有长发或卷曲的头发遗下（男人本身留长发或烫了发则例外），然后，不妨检查一下他的污衣篮内有没有女装内衣裤，如果没有女装内衣裤，则看看他穿什么男装内衣裤，如果全是鲜红色三角裤、花内裤或丁字内裤，这个男人一定是有性没爱的，快走！

离开浴室，便应该到厨房去。他不爱煮食，却有一条女装围裙，这间屋一定有女主人。

洗碗盆里放满用过未洗的碗碟，碗碟内的剩菜残羹已经开始发酵了，这么肮脏的男人怎要得？

接着，打开冰箱看看，里面放满一瓶瓶护肤品，这间屋怎会没女人留宿？

再留意护肤品的牌子，若全是高级货，这个女人应该是美女，若全是廉价货，一定是个丑女。

万一他说护肤品是他用的，那就更可怕。

检查他的书房和客厅

检查过男人的浴室和厨房，便轮到他的书房了。

他连书房也没有，肚里会有多少墨水？

书房是有了，但是书架上只有寥寥几本书，除了写真集之外，什么也没有，这个男人会有多少内涵？

他的书架上放满书，既有世界文学，又有整套百科全书，别开心得太早，检查一下那些书，书上一点折痕和翻过的痕迹都没有，像新的一样，那么他不过是装模作样罢了。

离开书房前，别忘记看看他用什么日历。

把那种穿三点式泳衣，"波涛汹涌"的写真女郎月历挂在墙上的，一定是个色情狂。

走出客厅，发现他家里连一份报纸也没有，他是个不看报纸的人，言语一定乏味。

他的电视机旁边放的录像带，全是 × 级的色情片，你要对他重新估计。

然后，不妨检查他的鞋柜，一打开鞋柜，一股臭味扑鼻而来，这么不卫生的男人，最好远离他。

若鞋柜没有臭味，就看看他把鞋子穿成怎样。好端端一双皮鞋，他穿完之后，前后左右扩阔了半寸，鞋尾压扁了，鞋跟没了半边，这样蹂躏一双鞋的男人，你怎可能把自己交到他手上?

你会问："睡房呢？"

第一次到男人的住处，还是别在他的睡房里停留太久，况且有备而战的男人也不会在睡房里留下蛛丝马迹。

去捣乱他的办公室

老实说，每次跟男朋友吵架之后，我最想做的事情是悄悄闯进他的办公室大肆捣乱一番。首先把办公桌上的东西全部扫到地上，然后把他的电脑举起再掷到角落里，接着砸碎所有值钱的东西和重要文件，再把办公桌翻转，拿起椅子扔到墙上，拗断一只椅脚用来敲碎所有玻璃……

意犹未尽的话，再跑到停车场，跳到他那辆心爱的车子上狂踹几脚。

仿佛只有这样，才可以一泄心头之愤，让他知道惹你生气的代价。当然，最好是他看到自己的办公室惨变废墟之后，还立刻跑来，热泪盈眶地拥抱着你，赞美你是他见过的最敢作敢为而又可爱的女人，他这辈子都爱死你。

假使是这样，压根儿就是一场生死恋。只是，现实生活里，我和你都没有这个胆量。万一在他的办公室捣乱时被警卫抓着，岂不是要被拉进警察局？这还是其次，最怕男人看到你这么恐怖，不敢再跟你在一起。

于是，每次跟他吵架之后，唯有想象自己已经跑到他的办公室狠狠捣乱了一番，还看到他可怜兮兮地收拾残局的样子。只有这样，我们的心情才会舒畅起来。

　　除了不敢，我们还是舍不得，舍不得践踏他神圣的战场。所以，男人，当你激怒女人的翌日，回到办公室，发现自己的办公室没有被人捣乱，真的应该庆祝一下。

亲热的小鸟

当一个男人表现了他的智慧或者做了让女人感动的事，就是女人最想和他亲热的时候。

两个人聊天或者讨论问题的时候，他说了一句话或者一番见解，那一刻，她不禁心头一震，惊叹他的智慧。

虽然，她一直都欣赏他，知道他大概有多聪明，然而，就在这一瞬间，他的智慧再一次触动她的心灵，他简直帅呆了，比所有她认识的人都要出类拔萃，而他竟然爱上她。

她真想冲上去吻他，身体和他纠缠在一起。

当他做了一件事情令她感动得说不出话来，甚至流下眼泪，她也真想跳到他身上，搂着他，抚吻他，把他吃掉或者让他把她吃掉。

自个儿心情好的时候，和男朋友亲热却往往不是女人的首选，她会更喜欢逛街或者吃好吃的东西。

心情不好的时候，也还是逛街和吃东西比较好。

沮丧和伤感的时候，女人要的是一个拥抱和一个安慰的吻，这两样永远胜过肉体的缠绵。

男人又是什么时候想和女人亲热的？

是觉得她很有智慧的那一刻，还是当她穿着性感睡衣的时候？

是被她感动的一刻还是小别之后?

男人有时候的确是用他们的小鸟去想事情的。

女人用的,是她们心头的鸟儿。这鸟儿会朝智慧的光辉飞去,会因为感动而鸣啭低回呢喃。

有足够任性的钱

什么时候，你觉得有钱真好？

曾经有一天，一觉醒来，心情很坏，很想马上离开香港，一个人跑到老远的地方去，于是打电话给旅行社，要他们替我订去东京的机票和酒店，并且说："我三天之后就要走。"

机票很快订好了，我想要的酒店没房间，唯有住另一家。但是，我总算可以离开。那一刻，是我第一次感觉到有钱真好。

从来没有羡慕过别人的粉红钻石，也没有羡慕过别人的山顶豪宅。看到人家坐在劳斯莱斯里，也没有觉得有钱真好。

当我想离开，而又有足够的金钱去一个地方。在那个地方不用节衣缩食，住一年半载也不成问题，这才是我心中的富裕。

假如只是有钱买一张车票去穷乡僻壤躲起来，那我当然不觉得有钱真好。什么时候想走，马上就可以动身，天涯海角，生活质量不会下降，不用担心会丢掉工作，也不担心会把积蓄花光。

在旅途中，为了对自己好一点，可以随意地吃，随意地买。这样的人，才是金钱的主人。

　　金钱太可爱了，它偶尔可以用来治疗沮丧和悲伤。没钱也可以幸福，有钱却不一定幸福。然而，有足够任性的钱，那是我所向往的其中一种幸福。

女人的购物欲与性欲

男人说，女人的购物欲比性欲更厉害。她肯定会记得一次非常快乐的购物经历，例如买到一件很漂亮的衣服，却不一定记得一次很美妙的性经历。

有一次，她在大减价中买到一件非常超值的大衣。这个成功而愉快的经历，她会常常拿出来跟闺中密友分享。至于跟男朋友一次很销魂的亲热，她也许在不久之后就会忘记。

在外国许多问卷调查中，也发现女人喜欢逛街购物，甚至吃巧克力，多于跟男人上床。

当然了，购物的经历，多半是愉快的。假使有不愉快，也会被下一次愉快的经历取代。而男人，根本不可以取代购物。

我付钱买东西，我可以做主。跟男人谈恋爱，不一定是我做主。他最后妥协了，让我做主，可是，看到他那副气鼓鼓的样子，我就觉得委屈。

听说某男士每次跟太太吵架之后就去飙车。当他去飙车，他太太就用他的附属卡疯狂购物。最后，他还是乖乖地回家去。

女人喜欢购物，男人应该高兴才对。女人用购物来发泄，男人才会少一点痛苦。

女人去购物，根本不需要男人陪伴。他陪你购物时，虽然

口里不说什么，但他的态度总是好像在催促你快点离开。晚上
回到家里，想起他刚才那副不耐烦的态度，你还怎会想和他
亲热?

可怜做武器

有些女人会用可怜来做武器。

她们的外表通常弱不禁风，楚楚可怜。她们的身世更惹人同情。例如她爸妈早已经分开了，从来没人照顾她和关心她，亲戚朋友也不怎么理她。她从小就生活在一个没有爱和没有安全感的世界里。

她的病痛很多，不是头痛就是胃痛、心痛、肚子痛、神经痛，经痛更比任何一个女人厉害。所有不好的事情，好像全都发生在她身上。小小一个良性瘤，她会说成癌症。

她爱哭，说起身世便泪流满面，看到流浪小猫，她会凄凉地说："有时候，我觉得我和它一样可怜。"

这种女人在工作上从来不会有什么表现，她根本不喜欢上班，她每个星期都请病假。

她的私生活也许一团糟。以前的男朋友常常骚扰她，又问她借钱。她欠了财务公司的钱，她有吃药和喝酒的习惯，因为她的人生太迷惘了。

这些楚楚可怜的女人从不过时，男人看到她，总是认为自己对她有责任，也应该保护她和爱她。她用可怜来支配男人，使他为她赴汤蹈火。我们这些看似坚强又不屑用可怜做武器的女人，才是最可怜的呢。

不要买给我

　　男人说，他真的不明白女人，不明白她们的"要"和"不要"。一天，他女朋友跟他说："我看到一枚蓝宝石戒指很漂亮啊！"他以为听懂了她的意思。她却说："你千万不要买给我。"

　　对于买戒指，他是有一点犹豫的。戒指跟其他首饰不一样，男人送一枚戒指给女人，是对这段爱情的承诺。这个承诺同时也是责任，不是随随便便答应的，他觉得自己还不足够去许下这样一个承诺。

　　过了一段日子，女朋友又在他面前说：

　　"那枚戒指真的好漂亮！但是，你不准买，太贵了！"

　　那么，她应该是不想要吧？既然不想要，为什么老是提起呢？

　　他苦恼地问："女人为什么这么奇怪？想要一份礼物的时候，总是不会直接说出来。"

　　男人的问题真笨，哪个女人会直接告诉你，她想要什么礼物呢？除非她已经成为你太太。

　　"那她到底想不想要那枚戒指？"男人问。

　　不想要的话，便不会叫你不要买。

　　可是，男人得有个心理准备，当女人收到她想要的礼物时，她会感动得眼有泪光，却说："我不是叫你不要买吗？太贵了！你真浪费！能够退回去吗？"

所谓幸福，便是能够跟心爱的男人说这句话。

和潜力恋爱

◇
—

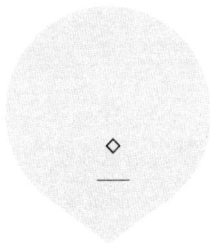

相信他有潜力，是相信他会和我一起进步。

爱现在的他，不管将来，那么，

我至少享受过他的现状，而不是跟自己的期待恋爱。

金龟婿

我问一个女孩子有什么人生目标。她说："我说出来你可能会觉得我很可笑。我的人生目标是找到一个富有的、我爱他、他也爱我的男人。"

我认为有目标胜过什么目标也没有，况且她要达到这个目标是相当艰难的，她愿意为自己定下一个这么艰难的目标，而且又那么坦白，比起那些眼里只有钱、口里却扮清高的女人好。

可是，金龟婿不是满街满巷都是，也不会自己找上门，他们在市场上十分抢手。如果一个女人想找一个金龟婿，请先问问自己："我有什么条件可以吸引一个金龟婿？"

我问女孩子："你要哪一种金龟婿？是不是满口金牙、脖子上挂着一斤半重的金项链、戴钻石金表、穿名牌西装不剪去衣袖上的牌子的男人？"

女孩子说："当然不是这一种。"

她要达成目标又增加了一重难度，因为前一种"金龟婿"比较多。女孩不喜欢读书，不想进修，却渴望找一个高尚而富有，并且能给她爱情的男人，难道他们会从天而降？

即使有一天，这个人真的出现了，他能爱你多久？任何有目标的人，都会为达到目标而努力。如果目标是找金龟婿，请先使自己成为一个值得被爱的女人。攀附是一件很痛苦的事。

一个爱你的男人

要知道一个男人爱不爱你，那还不容易吗？

爱你的那个人会给你尊严。

什么样的尊严？

他让你觉得自己高贵。

他让你觉得你在他的世界里是最重要的。你的地位不会排在他的事业之后。

他不会要你每天等他的电话，却从来不说什么时候会打来，也不说会不会打来。

约会之后，他不会放心你独个儿回家。不管已经多晚，也不管你住得多远，他会陪你走那段回去的路。

他不会让你总是孤零零地等他回家。

他不会认为你的工作比不上他的工作重要。

他肯定你的工作能力，支持你为梦想奋斗。他不介意常常要等你下班等到很晚。

他不会要你为他放弃工作。

他不可以忍受他的朋友批评你和对你不好。他会跟这些朋友绝交。

他不会在你面前盯着另一个女人看，也不会对着你不停称赞另一个女人的美貌和智慧。

上床之后，他不会要你出去买点东西回来给他吃。

上床之后，他不会赶忙穿上裤子回家去。

他让你相信，你是他今生最幸福的际遇。

他把悲伤留给自己，把痴心留给你。

归宿何处

有位朋友，还有几年便四十岁，至今仍然独身。自从四年前跟男朋友分手之后，她便再没有遇到称心满意的人了。最近，她跑去算命。

我笑笑问她："算命的有没有说你什么时候出嫁？"

"他说我四十岁会有机会。"她说。

接着，她又叹了口气，说："算命的，通常会骗你十年八年。"

"他这一次不会骗你了！"我说。

她很惊讶，问我："你怎么知道的？"

我并不是会算命。然而，换了我是算命的，也会说她到四十岁有机会。骗她十年，即是差不多五十岁，哪个客人听了会相信？

"找归宿真难！"她说。

那要看你的归宿是什么。

将归宿等同一个惬意的丈夫，那么，寻觅的路当然是崎岖的。

归宿可以是很辽阔的。它可以是事业，可以是信仰，可以是梦想，可以是一种追寻、一种寄托、一种洒脱。

你就是你自己的归宿。我们出生，长大，寻觅所爱，经历无数挫败和沮丧的时刻，终于了悟，成长才是女人最后的归宿。

你把归宿想象成什么样子，它就是什么样子。它不是一种羁绊和无奈，而是自身的圆满。

我们渴求的仪式

问一个女孩子："有人向你求过婚吗？"

她想了想，说："好像没有。你呢？"

很惭愧，我也没有。

我们说求婚，不是对方说："嗯，我会和你结婚的。"也不是亲热时，对方说："你嫁给我好吗？"我们太知道了，这些都不是求婚。有哪个男人不曾跟自己所爱的女人说过这些甜言蜜语？明天一觉醒来，你不会问：

"你是不是真的和我结婚？"

这些情话，谁也不会当真。

真正的求婚，是一种仪式。

不一定要下跪，鲜花和戒指却始终是我们渴望的。承诺，当然也不能缺少。

还有没有男人是这样求婚的？真想知道。

也许有人会说："这种想法太落伍了！"

可是，我们仍然希望有一个仪式。

求婚，不是一种默契，而更应该是一份惊喜。

我不知道，哪一天，会有一个毕生难忘的仪式在等待我的应允。这是我所盼望的求婚，虽然，这个也许是奢望。

我不一定会嫁给你，可是，我还是想看到那个仪式。

舍就是取

我们常说取舍，取是得到，舍是放弃，可知道有时候要舍才可以取？肯舍，才能取得更多？不懂得舍，也就不懂得取。舍，也就是取。

聪明的女人，在舍的时候，就得到她想要的东西。

女人对男人说："你不要理我，你忘了我吧。"男人偏偏不会忘记她，偏偏要理她。

女人对男人说："你不用跟她分手，我退出好了。"男人却会留在她身边。

女人说："你不要为我做任何事。"男人才会为她赴汤蹈火。

女人给男人自由，男人才肯受束缚。

女人不肯结婚，男人才会向她求婚。

女人不要男人的钱，男人才会把钱送上门。

女人不要名分，男人就给她最多的爱。

女人说："我不恨你。"男人才会觉得欠了她。

女人说不要，她将会得到最多。

女人首先了断一段腐烂的关系，她将得到最大的尊严。

贪婪地取，到头来只会失去。愿意舍弃，反而取得更多。

情场上的胜利者，通常不是那些什么都要的女人，而是那些肯舍弃某些东西的女人。

把你捧到天上的男人

除了最心爱的那个之外，我们身边必须还有其他男人。不是蜂蜂蝶蝶，而是一个或者几个理智的仰慕者。

痴缠的仰慕者不是好的仰慕者，这些人，你不想他出现的时候，他还是会出现。他会干扰你的生活。

理智的仰慕者是在内心深处恋慕你。他不会干扰你的生活和情绪。你不想他出现的时候，他不会出现。你想见他的时候，他会立刻来到你跟前。他的爱是冷静的。他会把痛楚藏在心里，而在你面前微笑。

当你爱的那个男人伤了你的心，你可以去找你那个理智的仰慕者，享受他的奉承和赞美。当这个男人还没得到你的爱，他会毫不吝啬地说出你的好处：

"你长得很漂亮。"

"不，你一点也不蠢，你很聪明。聪明的女人，难免会有较多忧伤。"

"只要你愿意，很多男人都想追求你。"

这些话，实在太动听了！尤其在你心爱的男人忽视你的时候。

当你被一个男人亏待，你需要另一个男人把你捧到天上，作为补偿。

　　然而，不二的戒条，是永远不要心软，爱上了你本来不怎么爱的仰慕者。一旦爱上了他，他就跟你以前的男人一样了。

不要代替任何人

女人伤心地说："我和他一起许多年了，可是，我知道他心里仍然怀念着逝去的妻子。我是没法代替她的。"

那就不要代替她好了。

不要渴望自己可以代替别人。当自己没法代替另一个人的时候，也不要因此而悲伤。你是你自己，你用不着代替任何人。也许，在这个男人的回忆里，你还没有胜过他逝去的妻子；然而，你胜过她的，是你活着，而她却不可能复生。

是谁陪着这个男人度过以后的每一天呢？是谁在他沮丧时给他安慰，又是谁分享他的成功和快乐呢？是你。

当我们发觉自己没法代替另一个女人时，我们难免感到沮丧。然而，当我们发觉自己不需要代替任何一个女人，我们便会豁然开朗。

想代替另一个人，这是多么傻的想法！

要代替别人，是吃力的。要做自己，容易许多。他爱你，因为你是你，不是因为你是他亡妻。你死了，他同样会怀念你。你还活着，所以你会怀疑。

有什么比活着更幸福呢？

每一个人和每一段爱，也是独特的。对他来说，你也是独特的，没有人可以代替。回忆有时是可以并列的，并不一定要有轻重。

爱情权力榜

国际政坛、商场、好莱坞，都有一个所谓权力榜，榜上列出一串最有权力、可以呼风唤雨的大人物。爱情，是否也有权力榜？要是有一个爱情权力榜，谁会榜上有名？是那些长得漂亮的人吗？

人长得美，当然多掌握一点爱情的权力，然而，我们也见过漂亮的人受伤害。他们不一定能够随心所欲。

那么，是富有的人吗？

富有的男人似乎比较容易得到女性的芳心。然而，有钱却不一定找得到真爱。富有的女人亦然。朋友认识城中一位富豪的千金，一直独身的她说："还是不要结婚了，我根本不会知道对方是爱我还是爱我的钱。"

你可以说她悲观，也可以说她其实聪明剔透，对爱情没有任何幻想。

是聪明的人能够登上爱情权力榜吗？

我们却见过不少聪明人恋爱时变得多么笨。爱情并不是智力游戏，最后赢的不一定是智商最高的那个。许多聪明人都在情场碰得焦头烂额。

是多情的人吗？

多情的人也许能多爱几个人，却不一定能够驾驭他们。玩多角恋爱的人最终也许变成孤身一人。

是花心多变的人吗？

我们见过许多这样的例子：一个花花公子终于遇上一个他愿意为她改变的女人。他安定下来，从今以后只爱一个人。然而，后来的一天，却是这个女人不爱他。他能够抱怨些什么呢？他不也曾这样伤害过别人吗？

是无情的人最有权力吗？

他们无情，不容易爱人，也不容易受伤害。他们早已经不相信爱情，或是天生就不相信爱情。他们仍然会爱上别人，然而，他们的爱很短暂，他们最爱的是自己。这种人无疑是可以登上爱情权力榜的，但条件是：他们最好长得漂亮。

是名人吗？

名人就像名牌，许多人会慕名来爱他们。然而，我们不也见过许多爱情败将都是名人吗？他们能够上榜，却不保证名列前茅。

是坏人吗？

我们只知道好人一定落榜。坏人呢，坏人也有很多种，有一种坏人无恶不作，却是痴情种子，这种坏人应该上不了榜。

是英雄吗？

那么，他几乎必须是一国之首。人们会把女人送到他那里，许多女人梦想着成为他的情人。然而，她们真的爱他吗？

还是爱他的权?

榜上有名的会不会是艺术家?

毕加索是真正能够登上爱情权力榜的人物。他一生多情,不断恋爱,他的情人都成了他源源不绝的创作灵感。他的作品极多,抛弃情人的速度也极快,那些可怜的女人只是用来成就他杰出的天才。

而今,我们终于明白为什么没有爱情权力榜,上榜的人太少了。然而,尽管上不了榜,我们都曾经拥有一些权力:当你被追求、当你被爱,你是有权的,有权撒娇,也有权浪掷对方的爱情。那时候,要是你和他在街上吵了一架,他像小狗般跟在你后面,你可以转过头来骂他:"别跟着我,我不想看见你!不想感觉到你!"他以为你讨厌他,不敢再跟在你后面。

你一直走一直走,回头发现他不见了。你打电话质问他:"你跑哪里去了?"

"你说你不想见到我,所以我走了。"

"我不想见到你,可没说不想让你见到我啊!"你生气地说。

然而,当他不爱你,你也就不再拥有这种权力。

也许,还是法国人说得对,人不要拥有太多,只要有一点爱、有一点钱、有一点权就好了。

我们要的不就是那一点撒娇撒野的权吗?

同居男友的用途

一、负责干掉在家中出没的蟑螂，并处理一切善后工作。

二、负责试食冰箱里的过期食物，判断是否已经变味。

三、负责尽力旋开女友没法旋开的所有瓶盖，并且为了男性尊严，不惜使出浑身解数，五官扭作一团，也坚持要旋开那个瓶盖。

四、负责屋里一切电器，包括计算机的维修及保养事宜。

五、当家里的电箱跳闸时，负责首先触摸有可能漏电的电器。

六、冬天时作为床上的人肉电暖炉，让女友暖脚。夏天时负责半夜起床关掉冷气。

七、为免浪费，负责继续使用女友不想再用和不再喜欢的洗发精、护发素、沐浴露、洗面奶、面霜及面膜等等一切女性用品。

八、赶时间时，负责首先出去按停电梯等女友。

九、半夜听到任何可疑的声音，负责打头阵看看是不是有贼人入屋，同时基于男性尊严，必须表现出一副勇敢的模样。

十、两个人一起看电视时，作为人肉遥控器，听从女友的吩咐随时转台。

十一、当女友看电视看到一半，不知不觉在沙发上睡着时，负责用强壮的手臂把她抱回床上去，然后把她的拖鞋在床边放好。

　　暂时想到这些，日后想到其他用途再写。

一厘米一厘米地介意

当我们愈年轻的时候，我们愈会介意男朋友的高度。

我们会一厘米一厘米地介意。他只比我高三厘米，委实太矮了。我的理想是找一个比我高十五到二十厘米的男朋友。

他的高度跟我一样，那太难看了，虽然我也有一百六十五厘米，但他是男人，应该高一点。

他比我矮，那是很严重的事！他对我很好，我也爱他。我们一起两年了，但我还是介意他的高度。他为什么不长高一点？他长高一点，一切便很完美。他的高度成为这段情最大的遗憾。朋友会取笑我找了一个比自己矮的男人，虽然他已经是他家里长得最高的一个，但那又有什么用？为了他，我连高跟鞋也不敢穿。我一直嫌自己不够高。如果我嫁给他，那么，将来我们的孩子也不会高到哪里。为了孩子，说不定我会变心。

当我们年纪大了一点，我们对男朋友的高度也会宽容一点。虽然他没拥有我理想中的高度，但他有很多优点。只要我不介意，谁又敢取笑我们？我们将来的孩子，只要勤力跳绳和打篮球，一定可以战胜遗传基因。

当我们的年纪再大一点，我们更清楚男人的脑容量和荷包的重量远比他的高度重要。那段一厘米一厘米介意的岁月，是太不会想了。

二合一

凡是二合一的产品，品质都不会好到哪里。

二合一洗头水出现之初，大家趋之若鹜，使用之后，才发现这种把洗头水和护发素合而为一的洗头水，质量低劣，多用几次，就有头皮屑。有些人用了之后，更开始脱发。

洗面奶和磨砂膏二合一，质量也奇差。洗面和磨砂根本是两回事，洗面奶是清洁面孔，磨砂膏是去死皮，一张脸，怎能天天这样磨？

冷气机和暖气机二合一，同一部机子，夏天时吹出冷气，冬天时吹出暖气，好像很理想，但用过的人都知道这种机子最容易坏。

一部影碟机，可以看 LD，又可以看 VCD，还可以听 CD，质量一定比不上一部独立的影碟机。

如果有一种药膏，又可以涂，又可以吃，你敢不敢吃？

但凡高质量的产品，绝不会是多种用途的。二合一或三合一、四合一等，不过是降低品质来迎合懒人或没有要求的人。

女人也不要希望找到一个二合一、三合一或四合一的男人，他富有又博学、英俊又专一、事业有成，同时又情深一往，那是不可能的。所有好处不可能在同一人身上出现。

世上根本没有二合一的好男人和好东西。

今天的长相厮守，只是尽力而为而已。

最安全和最合时宜的方式，还是跟自己厮守。

◇
——

一个爱你的人，是爱你原本的样子。

美貌会过去，青春会溜走，只有当他爱的是原本的你，才会长久。

没有一段爱情值得你为之失去自己。

要是没有了自己，你还能用什么去爱人和被爱？

Be Yourself then Be Loved

你不知道你爱的那个人哪一天会厌倦你。

你唯一可以做的，是使自己拥有被任何人爱上的条件。

◇

——

然而，有一天，当丑小鸭羽化成天鹅，两只脚丫子走着走着突然离地起飞的时候，
她终于明白，没有遗憾，就没有人生。

最聪明的投资，是在知道大势已去的时候，

立刻抽身而退，不要奢望拿回当初的本钱，也不要再投资下去。

◇
——

遇上了你，快乐和痛苦，既有天意，也有抉择，

你是我短暂生命里重要的一章，无论结果如何，我还是宁愿遇上你。

◇
—

我们所期待的爱情，并不是一起默默过日子，直至面目模糊；
而是像流转的四季，每一个微妙的变化都充满喜悦。

"不"和"是"

米兰·昆德拉在《笑忘书》其中一章里说，男人做过一个统计，女人口中说得最多的一个字是："不。"

从开始到结束，女人不断说不。"请不要""不要这样""不要那样""不要！不要！"。于是男人的结论是：女人口不对心，比较虚伪。

果真如此，男人也不遑多让，他们说得最多的一个字，应该是："是。"

女人问男人："你是爱我的吗？"

男人说是。

女人问男人："你是不是会照顾我？"

男人说是。

女人问男人："你是会跟我结婚的吧？"

男人说是。

女人无论说什么，男人都说："是，是，是。"

结果男人违背诺言，见异思迁，痴心的女人为他找借口开脱，问他：

"是不是那个女人主动的？"

男人说是。

女人问他："是不是已经离开了她？"

男人说："是，是，是。"

女人问："是不是仍然爱着我？"

男人说："是的。"

是女人的"不"虚伪，还是男人的"是"更虚伪？

数　臭

　　一个女人，公开数臭前任男朋友，这样做对她有什么好处呢？好处可能只是发泄了一场，坏处倒有不少。

　　把那个男人的臭事通通扬出来，他假情假意、好吃懒做、吃软饭、出手低，说到底也是自己有眼无珠，遇人不淑。

　　他若是存心欺骗，财色兼收，自己那么笨上了当，难得揭开他的真面目，匆匆离开好了，别人问起你是否跟他有过一段情，连忙指天誓日否认，以保清誉，谁会蠢到站出来数臭他？数臭他，就是阁下被骗了，赔了夫人又折兵，谁会同情你？敌人还在捧腹大笑呢。

　　以受害人身份站出来，提醒姊姊妹妹们不要再上这个男人的当？这也是不必的，这么伟大干吗？你以为这种故事真的可以警世吗？

　　如果这一刻，正有一个女人爱上他，男人还可以说你因爱成恨，捏造事实数臭他。当一个女人迷上一个男人，她绝不会理会他的前任女朋友说什么，即使她因此怀疑他，她也会相信这一次，男人是认真的，跟以往不同。

　　以数臭他来报复，要他以后抬不起头做人，永不超生？这也未免有欠风度，变成泼妇，好男人还敢来吗？自绝后路是最大损失。女人要记住，你数臭一个男人的当儿，你和他一样臭。

我永远不要让你知道

以前，我会说出很残忍的话，譬如：

"我喜欢你，但我不爱你。"

"你的年纪可以做我爸爸了，别妄想。"

当对方在晚上打电话来剖白他的心事，诉说着爱的痛苦时，我甚至会搁下话筒上洗手间去。回来的时候，拿起话筒，冷冷地问他："你说完了没有？"他竟然不知道我曾经离开。

某天，我忽然想起，我好像已经很久没说过太残忍的话了。

不爱一个人，根本不必让他知道。岁月流逝，他会死心。

年纪可以做我爸爸，不是什么罪过。什么年纪，都有权爱上别人，甚至爱上不该爱的人。

我也不会放下话筒上洗手间，由得对方在那边自说自话了。

那些残忍的话，曾经多么伤害对方，都是我的罪孽。

并不是我现在听到人家对我说同样的话，所以我惭愧，而是我愈来愈觉得，有些话不说出来比较好。

什么也不说，其实更残忍。我永远不要让你知道我爱不爱你，也不会让你知道我心里想些什么。

看！我比以前更残忍。

因为没时间了

我们做一件事或不做一件事，往往都是因为没时间。

你告诉他，你喜欢他、爱他，因为，你没时间了，不想再互相猜测。早点告诉他，那就可以早点开始，让他早点爱你。

你是从来不肯说对不起的，这一天，你跟他说对不起。因为，你没时间了，年纪已经不轻，寻寻觅觅，终于在人海里找到他。他是最好的，失去了他，你没有信心可以找到一个和他一样好的。你们的性格太相似了，常常吵架。每一次吵架，你都灰心地想到，你们是不是应该分开？可是，见不到面的时候，你却又思念他。再不和好的话，他也许就会走。你唯有跟他说一声"对不起"，请他不要走。

你很想和他吵架，但你最后还是沉默，因为，你没时间了。明天还有很多事情要做，心里还有很多烦琐的事，如果吵架了，便什么心情都没有，那么，不如算了。

你很想跟他讨论一下你们的关系，也许，你们都不适合对方，不应该再在一起，然而，你还是把这种想法按下去了，因为，你真的没时间。你没时间跟人分手。

相爱需要时间，分手也需要时间——要哭、要伤感、要复原。我们太忙了，实在负担不起。

一推、二托、三安定

在一本杂志上看到一个文胸广告。广告内的魔术文胸号称有三环功效。三环是一推、二托、三安定。

一推，是将胸部往上推挤。

二托，是将胸部托起。

三安定，是固定胸形不滑动。

一推、二托、三安定，不正是男人用来哄骗女人的三招吗？

当女人说："我想结婚。"

男人一推，是推搪。二托，是托词，譬如说："我姐姐还没有结婚，我不能比她先结婚。"三安定，是安抚她："结不结婚，我都一样爱你。"

当女人质问男人："你爱她还是爱我？"

男人又使出这招一推二托三安定。先是把责任推在第三者身上，比方说："她说要自杀，我暂时不敢离开她。"然后就是衬托，将两个女人比较，乖巧地说："你什么都比她好。"跟着便是安定，安抚她说："你给我一点时间好吗？"

男人抛弃女人时，也是使出这招一推二托三安定。一推，是推在自己身上，比方说："是我不好，我不值得你爱。"二托，是托词，明明是自己变心，却说："也许是时间的错误。"三是安定，分手的时候，这招最重要。为了防止女方自寻短见或死缠烂打，男人情深地说："即使分开，我仍然像以前一样关心你，你有什么事都可以找我。"

女人有一哭二闹三上吊，男人也有一推二托三安定。

而爱情，真是一命、二运、三风水。

一生最重要的两个字

如果要选出一生中最重要的两个字，你会有什么选择？

有人选"美貌"，有人选"财富"，有人选"健康"，有人选"生命"和"自由"，一个幸福的女人说是"老公"。

生命中最重要的、对我们影响最大的两个字，难道不是"时间"吗？

有美貌、财富、生命、自由和健康，但是上天给你的时间太短，也是没用的。再好的丈夫，上天只把他赐给你三个月，那是悲剧。

我们都受制于时间。年少时候，你总希望日子过得快一些。年长之后，你惊讶时间竟然过得那么快，要留也留不住。

你本来可以把一件事情做得更好，但时间不够了。人的遗憾总是："如果我有多些时间……"然而，时间太长，也是遗憾。如果这一辈子只做十五年夫妻，你们是神仙美眷，是完美的，但是你们做了二十年夫妻，由结婚第十六年开始，他有了外遇。

如果只做五年情人，你们将会永远怀念对方，可惜你们做了六年的情人，那最后一年糟透了。

时间治疗痛苦，也加深了痛苦；它有时候太长，有时候又太仓促。

Why you？Why me？Why not？

我们这一生常常会问两个问题：

Why you？

Why me？

当一段爱情开始的时候，我们会禁不住问"Why you？"，千万人之中，为什么是你？我也许爱慕过别人，但是，他们并没有爱上我，只有你不一样。终于，我恍然明白，你才是冥冥中注定的那个人，其他的人，都只是为了恭迎你的出场。

为何是你，爱我如此之深，使我含笑惊叹"Why you？"；又是什么驱使我们对一个人如魔似幻地向往？

然而，当一段爱情完结的时候，我们却也曾不甘心地问："Why me？"为什么是我失恋，而不是别人？我做错了什么，你要这样对我？

第一个问题跟第二个问题，永远不会有答案。然后有一天，我们会问第三个问题："Why not？"——为什么不能够有这种爱？那个晚上，我在家里看一部电影《小可爱》，聪明剔透的女主角从一开始就对她的音乐家丈夫说："你不用像我爱你般爱我。"终其一生，她忠于自己这句话。

曾经，某个人对我说："你是不爱我的，但我爱你。"那时候，我还不能够理解这种感情。因为，我从来不会爱一个不爱我的人，我也不会爱一个他爱我不像我爱他那般的人。直到这夜，看着一幕幕精彩动人的戏，我突然明白，"你是不爱我的，但我爱你"是多么浪漫和高贵的一种爱情。

　　事到如今，我得承认，我是不懂爱的，我也不够高贵。但是，我被很高贵的人爱着。

你一定是对的

当你疯狂地爱着一个人而所有人都说你是错的，你不必相信自己是对的。错又何妨？

当你离开一个人而所有人都说你是错的，你必须相信自己是对的。错了又怎样？已经不可能回头。

有人在跟旧情人分手以后，不停怀疑自己是否做对了。自从离开他之后，她没遇过一个比他好的男人，有了比较，她才知道自己当初不懂珍惜，她开始承认自己做错了。

这不是自讨苦吃吗？不如相信自己一定是对的。

一定是他有许多缺点，一定是你们无法相处，你才离开他。你不是一时冲动，也不是对他太苛刻，你这一辈子做得最对的一件事就是离开他。

你必须这样相信，才是爱自己。

午夜梦回，觉得寂寞和后悔的时候，你要再一次告诉自己，离开他是对的。只有这样坚定不移，你才能够摆脱他，找到一个比他好的男人。

事实上，你不一定是做错了，每当我们做了一个抉择，我们总会怀疑自己是否应该选择另一种做法，却不知道根本不可能再选择。凡是不能回头的爱，你也应该相信自己离开得对。

一辈子饮恨

曾经有一位美人说，美丽是一种负担。要时刻保持美貌，当然是一种负担。可是，很多女人都但愿能拥有这种负担。

旧情人也是一种负担。这种负担大部分女人都有。为什么是负担？你要时刻保持美貌，预备有一天在街上遇到你的旧情人。

一个女孩子来信说，那天她刚好穿了一套旧衣裳和一双破旧的皮鞋，丝袜又刚好钩破了。她放在皮包里的吸油纸也刚好用完了，她脸上满是油光。偏偏就在这个时候，她跟她的旧情人擦身而过。她想假装看不见他，但他看到她了。

她已经不爱他，正因为她不爱他，她才不可以让他看到她这副糟糕的模样。她不停地责备自己，她说，再见旧情人，不是应该让他看到她漂亮了许多，让他怀念她的吗？

是的，她说得全对。每个女人都希望旧情人后悔。每个女人都幻想与旧情人重遇的一刻，旧情人对她刮目相看，重新燃起欲念，然后她高傲地拒绝他。

为了旧情人，我们必须保持最好的状态。我们绝对不能让自己变丑和变胖。即使变老了，也不能变得比他老。你不一定有机会碰到他两次。第一次没做好准备，也许就会一辈子饮恨。我们要努力使自己漂亮，让他饮恨。

我们变调了

有时候，爱情会变调，生命会变调，人也会变调。

你以为找到了一支生命中最动听的乐章。你和他水乳交融，不可能再爱另一个人了。可是，有一天，他说："也许我并不适合你。"

那一支歌，顿成绝唱。

他说他对你再没有感觉。没有爱的感觉，也不会有痛的感觉。

什么是感觉？不如说，我们的爱情变调了。

两个人相遇相爱的时候，两支歌交会，变成一支歌。我们的音符本来不一样，时间也不相同，两支歌却出奇地配合得天衣无缝。忽然有一天，这一支歌又变回两支不同的歌，调子愈来愈无法结合。我们成长的步伐不同了，我们不再那么了解彼此了，甚至于我们所说的每一句话，互相都有所不一样了。

情是什么时候变调的？既然调子已经变了，何必还去追问？他说：

"你会找到一个比我好的人。"

你微笑说：

"但我不会再对人那么好了。"

名分、爱和钱

女人肯不要名分，只有两个原因——得到很多很多的钱或是很多很多的爱。一个女人愿意把她的青春放在一段无名分的关系之上，应该早就决定了要的是钱、是爱还是名分。

女人实在比男人幸福，男人从来不能够用名分得到些什么好处，男人总不成对女人说：

"给我一个名分，如果不给我名分，就给我钱，或者给我爱。"

名分这回事，仿佛是女人的专利，也是女人的筹码，只有女人可以理直气壮地跟男人说：

"给我名分。"

女人为名分苦恼，名分却也为女人带来了很多利益。女人得到名分，便得到男人的一切，她是他太太，于是可以名正言顺与他过着跟他同一水平的生活。要是将来有一天他想要拿走她的名分，他得分给她许多许多的钱。

女人得不到名分，好处可能更大。男人无法给一个女人名分，自会给她许多的钱来补偿她。她的生活，说不定过得比他太太还要好。

没有钱，又不能给女人名分的男人，唯有给女人许多许多的爱，使女人明白爱与名分在多数时候是不能并存的，有了名分，或许就没有那么多的爱。

　　名分这东西一直都是属于女人的，她可以拿来交换爱或是钱。

不再了不起

你上一次觉得自己很了不起是什么时候?

别说你从来不觉得自己了不起,人总有自恋的时刻。假如你真的没有,那你实在太谦虚了。

想起那些自以为了不起的时刻,也会有点脸红吧?

当时以为自己说的话或者做的事很了不起,后来,经历的事情多了,才发现从前多么幼稚。当时以为了不起,真的是太没内涵。

有的人曾经在课堂上挑战老师,几十年后,老了,依然回味那天的一切,却也会老实地说:"那时以为自己很聪明,现在会感激老师当年的包容。"

老师能够包容学生,或许因为他们也是过来人吧?

年少苍白的日子,不知道世界之大,不知道人的渺小,喜欢表现自己的深度,自以为是个特别人物,这都是可以原谅的吧?谁没有年轻过?谁没有夸大过自己一点小小的成绩,在不被欣赏的时候,依然自我陶醉、高傲却又哀伤地爱着自己?

然而,到了一把年纪,还是经常自命不凡,那便是对自己不诚实了。这样的人,也是长不大的。

青　睐

一个女人常常对有意追求她的男人说:"我已婚的上司说,只要我愿意的话,他会照顾我,他意思是指物质上。可是,我不稀罕。"

女人以为这样可以抬高身价,也表示她清高,可是有骨气的男人都跑开了,不想追求她,嫌她太俗。

女人真正的清高,是绝口不提这种附带物质的青睐,因为这种青睐玷污了她。她常常提及,只表示她曾为此沾沾自喜。

最怕看见女明星在报章上说,股坛猛人曾经想照顾我呢!富商要送一所房子给我呢!公子送我一套名贵首饰,有人送一辆名厂房车给我做见面礼,又有人愿意用三千万照顾我。然后,我拒绝,决定自力更生。

把这些私隐公诸天下,只有一个目的,是要告诉观众:我颠倒众生,而且清高。好像作为一个女明星或女人,而从来没有一个富有的男人向她提出照顾,甚至为她倾家荡产的话,便不够有地位,不够有魅力。

一个男人,如果真正尊重一个女人,决不会在一切尚未开始之时,便诱之以利。他们只是把这个女人当作交易的对象,不在乎爱情,而在乎肉体。这种青睐,有什么光彩可言?既然看不起这种青睐,又何必常常挂在嘴边?

对你发脾气

女人心情不好，或是遇上工作压力，最想找个人发发脾气。那么，该找谁呢？对朋友发脾气，会得罪朋友，况且，朋友并不是给你发脾气用的。对着陌生人发脾气，既无补于事，也不知道会有什么后果。

女人左思右想，很快就发现，对身边那个男人发脾气是最痛快的，可以减压，也不怕得罪他。

他愈爱她，愈迁就她，对她愈好，她愈会对他发脾气，因为她知道，怎么发脾气，他都不会跑掉。

我们的脾气，总是对着最亲密和最爱我们的人发泄的，换句话说，我们欺善怕恶，只会对不敢还手的那个人发脾气。我们只敢欺负小羔羊，绝不敢欺负大野狼。

当一个男人深深爱着一个女人，他就是她的小羔羊。心里难受的时候，她当然要把这只无辜的小羔羊揪出来虐待一番。

不知道为什么，每次虐待完这只小羔羊之后，她都觉得心情好多了，仿佛做了一次舒服的全身按摩。

她会内疚吗？那自然是不会。她爱小羔羊，才会让他看到她最真实的一面。她爱他，才会对他发发脾气。天底下，就只有他是骂不还口的。她回报他的方式，就是心情好的时候对他柔情蜜意一番。

　　那么，可怜的男人受气之后又对谁发泄呢？那还用说，当然是对他的下属发脾气。要是没有下属可以发脾气，那就只好喝几口啤酒解解闷了。谁叫你宠坏了你爱的那个女人？

和潜力恋爱

许多女人一辈子都是和男人的潜力恋爱。

她爱上的，是他的潜力。她相信这个男人将来会有她所期望的成就，他也会变成她所渴望的那种人。她和一种期待恋爱，直到她的期待落空了，她也就失恋了。

男人不是股票，即使男人是股票，也没有一个人会笨得用自己的期望和幻想去买一只股票。女人这种动物，却会用期望和幻想去爱一个男人。

潜力即是未发生，也有可能永远不会发生的东西。只迷恋现状的女人，可能有点肤浅。只顾跟潜力恋爱的女人，又太脱离现实了。

男人爱女人的现状。女人爱的是男人的现状和潜力，这是无可厚非的。现状和潜力各占多少百分比，可是个智力问题。

百分之三十的现状和百分之七十的潜力，未免太危险了。

一半一半，便有一半机会失望。

我会要百分之七十的现状和百分之三十的潜力。相信他有潜力，是相信他会和我一起进步。爱现在的他，不管将来，那么，我至少享受过他的现状，而不是跟自己的期待恋爱。

不要盯着一杯水

从厨房走出来，手里端着满满一碗汤，生怕汤会洒出来，于是盯着那碗汤，可是，愈是盯着汤，它愈洒出来，烫伤了手，这种经验，很多人都有。想要汤不洒出来，秘诀是不要盯着那碗汤。

银盘比赛中，没有一个参赛者会盯着银盘上那只水杯的。你愈死盯着那杯水，愈害怕它会洒出来，它愈会洒出来。

太紧张，太死心眼，往往事与愿违。

你愈想得到一个人，愈不要死盯着他。

你愈害怕失去一个人，愈不要死盯着他。

我们失去的，通常是自己最在乎的东西，可知道东西也会欺负我们？你总是失去你最心爱和最昂贵的一把雨伞，伞犹如此，何况是人？

你死命盯着一个人，不肯放松，战战兢兢，如履薄冰，只会令他窒息，你早晚会失去他。

你想得到他，便不要望他一眼。

你愈不望他，他愈想你望他。

你愈不管他，他愈死心塌地。

你愈害怕失去，愈会失去。

一部分的完整

爱一个人的时候，你总是希望把自己完整地交给他。

毫无保留地爱他。

毫无保留地付出。

他是你的唯一。

如果你的生命里缺少了他，就是不完整的生命。

只是，世上没有一段爱情是完整的。

你从别人手上把他抢回来，你们终于可以厮守终生了，你以为你们经历了最惊天动地的爱情，没有人可以把你们分开。多年之后，他爱上了另一个女人。你仍然深深地爱着他，他也曾经深深地爱过你，心甘情愿为你抛弃一切，但你们之间还是出现了第三者，你们的爱情不再完整。

你问他："我们是不是不再完整？"

他垂头无语，他和另一个女人又何尝完整？他永远不会和她结合。

不要祈求永远完整，只要有一部分完整就好了。

在互相鼓励的那一部分，你们是完整的。

在共同奋斗的那一部分，你们是完整的。

在毫无保留地付出的时候，你们是完整的。

有一部分完整，足以抵消一部分的遗憾。

是时候铁石心肠了

如果一段感情已经进入死胡同，还是愈早结束愈好，拖下去对大家都没好处。尤其是女人，如果你已经意兴阑珊，很想离开一个男人，那便要快点离开他，再拖下去，你很难找到一个比他好的。

一个在台湾工作的香港女孩，六年前认识了一个台湾男孩子，男孩子要服兵役，她好不容易等到他服完兵役，以为可以结婚了，然而，他没有经济基础，为了赚钱，他努力工作，每天加班，让她觉得很孤单。他们天天吵架，吵了四个月，她终于受不了了，一个人跑回香港，并且打算从此把他忘掉。

最近，她回去台湾工作，他又来找她，帮她搬家，她很感动。正当她准备重新接受他的时候，他却说家里的经济出现问题，不能跟她结婚，叫她不要再等他。在她心灰意冷的时候，他却又忽然出现，一天晚上，当她回到家里，发现他在她家里，买了她前些日子说过想吃的东西来，有水煎包、臭豆腐……她有点感动，也有点沮丧，他们是不是又要回到从前？她走了那么多路，是不是还是回到原地？

一段感情走到灯火阑珊的时候，是应该理智地把它画上句号的时候了。她已经不像从前那么爱他，一次又一次的感动，到头来只是辜负自己的青春。女人到了某一个年纪，应该铁石心肠些。

Chapter

05

---— 第五章 ---—

爱的机遇

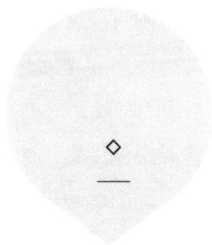

即使恋爱还没来临，你也要开始装备自己，

使自己有值得爱的条件和智慧。

悄悄跟你相逢

　　某年某月，你爱上一个男人，一天，你无意中告诉他，小时候你住在××街五号，他吓了一跳，告诉你，他也在那条街住过三年，就住在十二号。

　　你们当年住的地方原来这么接近，也许你曾在街上碰到过他，你拖着妈妈的手从他身边经过，从没想过有一天会跟他一起生活。二十年前，你已经悄悄跟他相逢，今天，只是重逢。

　　许多年前，你曾经听过他的名字，当时不以为意，只知道有这个人而已，况且，他跟你也不会有什么相干，今天，你们竟然相遇相爱，他问你："我们是不是相逢太晚？"

　　不，许多年前，你已经悄悄跟他相逢。

　　念中学时，你常到学校附近一家餐厅吃午饭，一天，你跟他提起，他笑说："是吗？我念大学的时候也常到那里吃饭，他们的猪排饭很好吃，午饭的时候，很难找到位子。"

　　也许，你在餐厅里曾经跟他拼桌，你穿着校服，他已经是个大学生，你们各自跟自己的同学聊天，没有人会记得曾经跟自己拼桌的人是什么样子的，那种关系，甚至称不上缘分。今天偶然提起那家餐厅，你才惊觉，你在许多年前已经悄悄跟他相逢，虽然碰面不相识，但已经埋下重逢的种子。在某个时空里，你们失之交臂，不是没有缘分，只是时机还没来到。

　　在相爱之前，你们早已悄悄地相逢，那悄悄的相逢，好像是一盘葡萄，时机成熟了，才变成酒。当它还是葡萄的时候，我们从未察觉。有些葡萄，最后没被选上酿酒，而你和他，从悄悄相逢到重逢，是多么地幸运，只差一点，你们今生今世就不会重逢。

爱的机遇

恋爱是一种机遇。

既然是机遇，便需要一颗有备的心灵。

有些恋爱的确会在你毫无准备之时来临，那只是说，你没想过在某个时刻遇上某人，而不是说你没有准备自己。

我们无法意欲去爱，但我们至少可以向机遇开放自己。当你开放的时候，你会发现你原本拒绝的东西并不坏，你会让新的人和新的事物进入你的生命。

然后，你也许会发现，你能够爱一些你以为自己永不会爱的人。你无法勉强自己去爱某人，但你会因为察觉某个人的好处而改变对他的看法。

当你邀请爱情进入你的生活，它才有可能成为你生活的一部分，甚至是很美好和重要的一部分。

我们会装备自己去应付考试和工作，为什么爱情反而无须装备呢？

当你的知识来源是八卦杂志，那么，你也会遇到同好者，那个时候，不要埋怨缘分不眷顾你。

当你因为没人爱而自暴自弃，那么，你大可以继续自暴自弃，因为，稍微有条件的人都不会对你有兴趣。

当你不求进步，你也会永远停留在原本的位置，找不到你所谓的理想对象。

　　即使恋爱还没来临，你也要开始装备自己，使自己有值得爱的条件和智慧。等到机遇来临才去装备，就等于在跟旧情人重聚的前一天才开始减肥，已经太晚了。

爱，总是有条件的

不要说你无条件地爱一个人，爱，总是有条件的。

你可以什么也不要，但是你要他爱你，这难道不是条件吗？

父母爱子女，也是有条件的，条件就是他们必须是他的儿女。如果是别人的儿女，他不会爱他们，不会用生命保护他们。

女孩说："我的确是无条件地爱他，我甚至不需要他爱我。"是的，即使他不爱她，她还是愿意守候在他身边一辈子，她爱他的才华。如果他没有才华，她还会那样义无反顾地爱他吗？不会了。她的爱，还是有条件的。

女人可以爱一个顶没用的男人，他没才华，没出息。女人说："这还不算无条件吗？"但她要他承诺永远和她一起。要一个男人付出承诺，这不是条件又是什么？男人说："我就是爱她这个人。"如果她不是长得不难看，如果她不是那么聪明，不是有他喜欢的性格，他还会爱她吗？她必须符合他的条件才会被爱。

我们每一个人都是被有条件地爱着，也是有条件地爱着别人。不必心灰意冷，既然知道世上没有无条件的爱，你应该努力使自己更具备条件去被爱，同时也该学习忘记一些条件去爱一个人。

放弃了就不要可惜

女孩子说，她和相恋四年的男朋友分手，因为她爱上了另一个男人，可惜这个男人很花心，她只是他女朋友中的一个，她爱得很辛苦，却舍不得放手。她问自己，她放弃一个很爱她的男人而去爱一个不爱她的男人，这是错的吗？

她放弃一个很爱她的男人，但她不爱他，既然如此，为什么要后悔？

你不爱他，他多么爱你，他待你多么好，他的条件多么优秀，也是徒然的。自己不要的东西，为什么还要可惜呢？既然你甘心情愿放弃，你就没资格可惜。他曾是那么慷慨地等待你，他本来是你的，你自己选择不要，那就永远不要可惜。

世上有很多东西是可以挽回的，譬如良知，譬如体重，但是不可挽回的东西更多，譬如旧梦，譬如岁月，譬如对一个人的感觉。你曾经爱过他，但是那份感觉已经逝去了，无论多么努力也是无法挽回的。

放弃一个很爱你的人并不痛苦；放弃一个你很爱的人，那才痛苦。爱上一个不爱你的人，那是同样痛苦。

也许你还年轻，等你年老一点，你就不会那么笨，放弃一个爱你的人而去爱一个不爱你的人，那时你已经没有太多青春去追寻一个遥不可及的梦。

我还不够好

结婚，根本不是你承诺我一些什么，或是我给你什么承诺。

假如要结婚，是我对自己的承诺。

结婚，既是两个人的事，也是一个人的事。是两个人的事，因为我不能跟自己结婚。是一个人的事，因为我对自己没承诺，也就不懂得对你承诺。正如我要学会爱自己，才能够爱你。

对自己承诺，便是知道自己想要一个怎样的人生。那不是你提供给我的人生，而是和你结婚之后，我的人生会变成怎样，我的自我又会变成怎样。结婚之后，我答应过自己的事，我能够做到吗？假如做不到，那么，我还是不适合结婚的。

结婚，也是我对自己的期望，而不是对你的期望。对你有期望，是会失望的；对自己有期望，却是鞭策。

不结婚的理由，不是你不好，只是我还不够好。

跟三十岁恋爱，被四十岁爱

有人问 A："你最喜欢和什么年纪的男人谈恋爱？"

她想了很久，不知道应该怎样回答。她曾经爱上一个比她大三十二年的男人，也曾经跟一个比她小七岁的男人谈过恋爱。每个阶段的男人，都有他可爱和可恶的地方。

也许，就由我来替她做一个总结吧。女人最完美的恋爱生活，是永远被十来岁的男孩子思慕，被二十来岁的男人仰慕，跟三十来岁的男人恋爱，被四十来岁的男人深情地爱着，与五十来岁的男人讨论人生。

十来岁和二十来岁的男人，还是很幼稚，不懂得爱，也不懂得迁就女孩子。他最大的优点是那股傻劲。这么傻的人，只配仰慕你。

三十来岁的男人，开始成熟，知道自己想要什么，也懂得迁就女人。假如你是十几岁或二十几岁，三十几岁的男人便最适合你，他可以教你很多事情。

可是，三十岁又比不上四十岁。四十岁的男人，开始有点智慧，懂得尊重自己的承诺。当他爱上一个女人，他会很深情，不像二十岁的男人，整天只想着那回事。

跟五十岁的男人聊天，你的视野会变得广阔。他的智慧和人生经验，会让你着迷。可是，他毕竟老了一点。岁月在他身上已留下了痕迹。你可以爱他，但不要嫁他。

高傲地发霉

跟旧同学见面，她刚刚失恋了。

"我本来不爱他的，后来不知怎的爱上了，现在竟然是他不爱我。"

故事通常是这样的。你原本是不在乎的那个，到头来却是你不被对方在乎。

"认识他许多年了，一直是朋友，做梦也没想过会喜欢他。一天，发觉他身边有其他女人出现，我突然觉得我会失去他，然后，我爱上了他。"她说。

也许，她并不是真的那么爱他，她只是不想失去一个忠诚的守候者。

有一个男人很喜欢你，对你千依百顺，每天都打电话跟你聊天，你知道他的心意，但你就是没法爱上他。可是，有一阵子，他忽然不再打电话给你，你开始觉得不自在了。不自在的时候，你怀疑自己其实是爱他的。你愈想愈觉得自己开始思念他。当电话的铃声再次响起，你马上用恋人的语气跟他说话。

这是爱，还是我们不甘心失去一个追求者？

为什么会在他不再忠诚的时候才发现自己爱他？我们只是不习惯孤单一个人，在电话旁边发霉。于是就糊糊涂涂爱上对方，从此失去了优势。

我宁愿高傲地发霉，也不要委屈地恋爱。

在三十岁前把他换掉

有些女人会一直拖着一个她不怎么满意的男人。

他不是不好，却还是有很多地方不好。她有点嫌弃他，有点觉得他配不起自己。可惜，这些年来，除了他之外，竟然没有一个好一点的男人出现。她唯有暂时委屈一下自己。

这个男人对她还是挺不错的。他个性善良，对她千依百顺。她是深深地爱过他的。那个时候，她甚至想过要嫁给他。他虽然有缺点，但是她并不介意。

然而，这些年来，她进步了很多。她在工作上有一点成绩，她的薪水比以前多了，她比以前更会打扮，她的眼界也开阔了很多。她对人生的要求，已经和以前不一样了。她的梦想和以前也有一点分别了。她变得有野心。可惜，她身边的男人却没有多大的进步。

她想要的人，不再是他。

以前，是她爱他多一点。现在，是他爱她多一点。

她想要的东西，他不能给她。

他变成了她的负累。每一次想到这个男人将是和她终老的人，她就觉得很不甘心。她应该得到更好的。

在三十岁之前，她要把他换掉。过了三十岁，只怕没那么容易把他换掉。

美好的意外

人生中许多美好的东西，都是意外。

那天晚上，朋友约你去吃饭，你本来推掉了，但临时改变主意参加他们的聚会，在聚会上，你邂逅了一个你喜欢的人，然后和他相恋。这不是意外又是什么？你曾经以为你不会再爱别人了，你辞去工作，一个人到外国居住疗伤，在异地，你碰到另一个人，你下半生竟然与他在一起。这不是刻意的发现，而是意外。

他说今天晚上要工作不能陪你，你一个人孤单地窝在家里吃方便面喝啤酒，他突然出现，这意外惊喜往往是爱情里难忘的片段。

你用了很多方法减肥，总是不成功，一天，你吃错了东西，患上肠胃炎，上吐下泻几天，就减掉你辛辛苦苦也减不掉的七磅。

你拼命赶去车站，那一班车八点整就要开出，而且一向十分准时，你看看手表，已经是八点零五分了，明知道赶不及，你还是拼命跑，因为你约了心爱的人见面，你不想迟到。终于赶到车站，那班车今天因为某些原因，竟然没有开走——美好的东西，往往在意料之外。

等候适当的时光再遇

有时候，买了一本书或者一张唱片回家，唱片听过一次之后，不怎么喜欢，于是长久放在抽屉里。那本书，翻过几页之后，就一直放在一旁。

过了很久之后，你在书架上偶然发现这本书，一看之下，竟有相逢恨晚的感觉，这么好的书，为何你忘记它的存在？如果早一点看到，你的境界也许都会跟现在不一样。

然后，某年某天，你打开抽屉，无意中看到那张只听过一次的唱片，你再次把它播出来，那动人的旋律和歌词竟使你震撼，原来你一直错过这么好的歌。那时为什么会不喜欢呢？

每个人总会有一两本忘记了的书或一张没印象的唱片，时光流逝，偶尔再会，才懊悔自己错过了一本好书，遗忘了一首好歌。

也许，那不是遗忘，而是时间不对。第一次听那张唱片的时候，它不能触动你心灵，因为大家心境不同。那本书无法让你惊艳，只因为当时你还没有那种领悟。

游走在我们身边的人，也许都在等候一种领悟，等候适当的时光再遇，时间对了，你便会爱上他，幸好，你们今生还是遇上了。

最幸福的一种坏

　　幸福，往往是某种程度的依附。有一个人，在感情上和生活上对我们的依附无任欢迎，那才是幸福。一个人生活，可以很快乐，可是，只有一个人，便不能说是幸福。

　　幸福，是和另外一个人或者一些人发生某种关系，那可能是你的家人，也可能是你爱的人。

　　虽然说起来很小女人，可是，我是喜欢依附着别人的。

　　我希望有一个人能够为我决定所有事情，工作上的决定，以至买哪一件衣服，也不用我三心二意。当然，他的决定最好也是我心中所想的。

　　我希望他能够猜中我的心意，不用我说出来。他为我做的事，我不需要知道那个过程，因为那个过程太烦琐了，他一个人去承受就好。

　　我渴望被溺爱，甚至被宠坏。我可以不问世事，当我想知道世事的时候，他却又会告诉我；我会照顾自己，不过，最好是由他来照顾我。

　　在那个人面前，我可以任性和蛮横。

　　沮丧的时候，他会背我回家。

　　他会摇着头说："你真是被宠坏了！"

　　是的，被自己所爱的人宠坏，是最幸福的一种坏。

地铁上的王子和公主

有没有发现地铁上有很多王子和公主?

地铁上的王子是给他身边的女孩捧出来的。

这个"王子"看上去很平庸却面有得色。每当他说话的时候,他身边的女孩总是不住点头,深情款款地望着他。

男孩不说话的时候,他身边的女孩会不甘寂寞,用手去抚弄他的头发,在他的头发上打圈圈。当男孩做出一副怪责她把他的头发拨乱的表情,女孩只好停下来,痴痴地凝望着他的侧脸。可是,过了一会儿,她却又忍不住动手为他挤掉脸上的暗疮。男孩自始至终骄傲地坐在那儿,他是她的白马王子。

地铁上的公主通常是去赴一个男孩的约。

当列车驶离月台,进入漆黑的隧道,女孩便开始对着两扇反光的车门补妆,她旁若无人,把车厢当成她的私人化妆室。下车前,她终于满意了。她甩一甩头发,咧咧嘴,脸上露出自信满满的微笑。她在别人眼中并不漂亮,可是,她要去见的那个男孩肯定把她宠成了公主,常常告诉她,她长得多美。

于是我明白,男人的自信来自一个女人对他的崇拜,女人的高傲来自一个男人对她的倾慕。

你绝对不用说"我爱你"

以前的女人很害怕男人不肯说"我爱你",现今的女人愈来愈坚强和独立,并不是一定要男人嘴边常常挂着这三个字。当他对她说出这三个字,她也许会害怕,不知道该怎样回答他。

"我爱你"这三个字是一项承诺,女人再不愿意被承诺束缚。即使很爱一个男人,如果他说了"我爱你",女人也就不必说。女人通常是被抛弃的时候才说"我爱你"。

当他说"我爱你",女人可以说"我也是"。这个答案比较含蓄,而且,男人跟女人不同,他不会追问:"'我也是'是什么意思?"

当他说"我爱你",你可以反问:"真的吗?"狡黠地把"我爱你"三个沉重的字轻轻拨开。

当他说的"我爱你"在那一刻感动着你,你大可以说"我也爱你",这跟"我爱你"是不一样的。

当他说"我爱你",你可以问他:"一直都爱吗?"

当他说"我爱你",你可以不用回答,只是静静地、深情地看着他。

当他说"我爱你",你可以既幸福也感伤地说:"等我老了再跟我说吧,那时我会比现在更相信。"总之,你绝对不用说"我爱你"。

最好的春药

世上并没有长生不老药，这点我们早已知道，但我们一生总难免要吃药。有的人吃药成癖，身上常常带着几十种药，没病也要吃药。有的人坚持到最后一分钟，痛楚难当才吃药。当然，有另一些药使人沉迷，早已成瘾。

吃药是生理治疗，也是心理治疗。对那些经常怀疑自己生病，要医生开药的病人，医生给他们的是普通的维生素丸，即是所谓的安慰剂。

好些治病的药是要吃一辈子的，是一个包袱。好多年前，一对瑞典父子发明一种抗衰老药，风靡一时，可后来再也没听说有人吃了。或许，世上最好的抗衰老药是快乐。

女人的抗衰老药是爱情和自信，男人的抗衰老药是权位财势。失势的男人会突然衰老，失恋的女人老得更快，直到她再次恋爱。

有一种药，男人用得比女人多，那是春药。吃春药的男人分为两类——追求极乐和想重振雄风的。吃春药的男人跟吃类固醇的运动员不同，后者欺人，前者自欺。如果可以，何苦吃春药？

最好的春药是爱情，男女皆然。没有了爱情，再好的春药不过是一晌贪欢。

只能转变，不能改变

女孩子说："我愿意为他改变。"

说这句话，未免太不负责任，谁也不可能为谁改变。

为一个人改变，并不是什么感人肺腑的承诺，只是一种甜言蜜语而已。

如果有了爱情就可以改变，那么，很多恋人根本不用分手。

我们只能转变，不可能改变。

你跟一个男人相恋，受他影响，同时因为爱他，你反省自己的人生观、行为、习惯和价值观，你从他身上看到一番新的天地，是你从前看不见的。

你在他身上学到一些品质，是你本来没有的。你从他身上学会了人情世故，你学会了关心别人，你学会了追求知识，你学会了上进，你学会了不去伤害一个爱你的人，你学会珍惜。

你本来是一只空的杯，现在装了大半杯水，你的世界和视野不同了，也因此，你的价值观、你待人接物、你的智慧，也跟从前不同了。

你没有改变，依然是一只杯，只是装了水。

你并不是刻意为他改变而改变，你只是长大了。人大了，自然会转变，你没为谁改变。

不会太早，也不太迟

著名女伶在接受电影奖项时发表的谢词赢得了全场的掌声，她说："世事往往很奇妙，不是来得太早就是太迟。"

美好的东西总是没有在适当的时候来到，这是大部分人的遗憾。可是，什么时候才是适当的时候？

我们都是贪婪的，总希望同时拥有一切，总希望时间表是由我来定的。可惜，迟或早，根本不是我们去选择。

工作上，我们不是忙得喘不过气来便是清闲得要命。忙与闲，从来都是不平均的。

我们或许都听过所爱的人说："我们相遇得太迟了。"我们也曾对自己不爱的人说："太早认识你了，假如晚一点相遇，也许我会比现在懂得欣赏你。"

假如我们能够退一步去审视生命中的每一个时刻，或许会有另一番领悟。

我们在这个时刻相爱，看似太迟，却是适当的时候，因为你来迟了，我才懂得珍惜。所有炽热的激情都是因为一切好像都太晚了。然而，假如你来早了一步，我也许不会那么爱你。

世事其实都在它适当的时候降临，只是我们没有适当的心情去迎接它。

谈一段轰轰烈烈的恋爱

电视上一个女演员说："我每一段情都是很轰烈的。"不知道她对轰烈的定义，从节目中的前文后理看来，她所谓的轰烈是充满暴力的。相爱的时候，大家满身齿痕；吵架的时候，也许是我掴你几巴掌，你扯着我的头发；分手的时候，大家扭作一团，你变成独眼龙，我变成铁拐李，如此方休。

每个人都说自己要追求一段轰轰烈烈的恋爱，什么才是轰烈？

为了一个女人，抛妻弃子亏空公款打劫银行锒铛入狱，这不叫轰烈，这叫失常。为了一个男人，背叛父母离家出走下海伴舞割脉自杀与他同归于尽，这不叫轰烈，这叫愚蠢。

爱得死去活来互相虐待嗜血成狂，以为愈暴力愈爱你，这不是轰烈而是暴力，应该去看精神科。

这些所谓轰烈不过是一声响雷，从此声沉，换不到余音袅袅。

真正的轰烈，是你能够与一个人长相厮守，无论外面的世界变成怎样，无论身边有多少诱惑，你都有勇气负担责任和承诺，即使有软弱和怀疑的时刻，你也会变得更坚定，你会尽你此生最大的努力来保护他和令他幸福，你舍不得动他一根头发，也不会让别人动他一根头发。你们是如此轰烈，战胜了光阴。

一个换一个

对于爱情，女人是比男人贪婪的。十几岁到二十几岁的那段日子里，女人的爱情哲学是：一个换一个。她会霸占着一个，然后再放眼世界。

手上有一个，那么，节日不用落单，吃饭也不用形单影只。在她眼中，他不是完美的，然而，在她能力范围之内，他已经是最好的了。万一她运气不好，这辈子也遇不到一个比他好的，那么，起码她有这一个，不至于孤独终老。

这个男人当然是她爱的，不爱的话，根本没法跟他一起。然而，她预感自己跟他是没有将来的。一生只爱一个男人，那样的人生太单调乏味了。只要手上有这一个，她便可以一个换一个。遇到比这个好的，立刻替换。若比不上他，也不必放弃，仍然可以试着来往。但是，她会很清楚，这些男人还不足以用来换掉她手上那一个。

你去超级市场买苹果，货架上只有几个好的，你会把那几个放到自己的篮子里。当你绕了几个圈，看到职员打开一箱新的苹果，你会马上换走自己篮子里的那几个。

年轻时，爱情是超级市场，男人是苹果，你想愈换愈好。当你过了三十岁，你已经换了很多苹果，爱情是规模小得多的便利商店，宗旨不再是一个换一个，而是不要失去手上那一个。

我们相逢的概率

C 说，他在欧洲回港的班机上，遇到一位女孩子，大家攀谈起来，他惊讶地发现这个女孩子是他以前女朋友的旧同学，她和她在念书时是很要好的一对。

这么多年来，他已经失去她的消息，只知道她为了永远不要再见到他，悄悄地搬到一个遥远的地方。

在飞机上，他战战兢兢地问身边的女孩子："你最近有没有见过她？"

虽然答案令他失望，然而，在那十多个小时的航程里，他依然被这一次巧合的相遇震撼着。在空中与被他辜负的女人的旧朋友相逢，这是多么渺茫的事！可是，却真的发生了。

对不起，我要泼他冷水。

每当我们在离家很远的地方遇到一位陌生人，并发现彼此拥有共同的朋友，大部分人都会非常讶异。

麻省理工学院一群社会科学家做了一个研究，他们发现在美国随机选出两个人，平均来说，每个人差不多认识一千人，所以虽然这两人彼此认识的概率是十万分之一，可是他们共同认识一位朋友的概率，会遽升至百分之一，而他们经过两个中间人认识的概率，事实上比百分之九十九还高。换句话说，如果在美国任意选两个人——彼得和玛莉，那么几乎可以肯定彼得的某位朋友的朋友认识玛莉。

　　是不是很不浪漫？这个故事教训我们，不要为任何巧合太兴奋或过分伤感。只是，你和我都宁愿继续相信，某些相逢，是命里注定。

被爱的条件

曾经有一段日子忙得天昏地暗，把自己关在家里写稿。

每天的午、晚餐也是自己做的，为求方便，菜都是在附近超级市场买的，有鳗鱼、西红柿和茄汁焗豆。

最初的一个星期，每餐都吃这些菜，觉得很有滋味。第二个星期，开始受不了。看到冰箱里的鳗鱼，宁愿挨饿也不想再吃，更不要说西红柿和茄汁焗豆了。

山珍海错也会吃厌，何况我吃的不是山珍海错！

我很擅长吃厌一种食物。天天吃，结果突然从某天开始，不想再吃同一种东西了。

大部分人也不想天天吃同样的菜，何以我们又可以年年月月对着同一个人？

生厌，好像是人之常情。不对一个人生厌，是要双方努力的。

人毕竟不是食物。食物已经煮好了，不会再有什么变化，也不会有什么进步。人却可以不断被发掘。

爱一个人，因为你每天都能从他身上发掘一些东西，或是发掘到彼此相似的地方。爱过一个人，许多许多年后，我无意中发现我们的血型竟是一样的，大家为此而乐上半天。

在爱情中的人，会努力去寻找大家相似的地方，找到了，便深深相信这是缘分。

　　然后有一天，我们会努力去寻找彼此不相似的地方，感慨缘分已尽。

　　你不知道你爱的那个人哪一天会厌倦你。你唯一可以做的，是使自己拥有被任何人爱上的条件。

你渴望得到什么？

有人问我："你最渴望得到什么？"

那要看在什么年纪啊。

小时候，我渴望长大。

长大后，我渴望不要长大。

后来，我渴望爱情。得到之后，我重又发现，我所追求的爱情，也许是不存在的。

这一刻，我渴望快乐，只要快乐就好了。

将来，我渴望无求。

人若能无求，就很写意了。

无求是物质和心灵的无求。有足够过生活的金钱，不需要营营役役，不需要勉强去做自己不喜欢的事，那是物质的无求。物质无求，心灵也就无求了。人到无求，智慧便会增长，胸怀也不同了。

将来的将来，我渴望潇洒。

人总是把自己做不到的事经常挂在嘴边，放不下的人常说要放下，心胸狭窄的人常说要豁达。我们渴望无求和潇洒，也许是因为知道自己距离那个境界还是太遥远了。

要么就相亲相爱，要么就分手

有个女孩说：

"假如对方因为我的外貌变得糟糕而不再爱我，那么，我也不会爱他。"

变糟糕和变老是两回事。

每个人都会老，但老了不一定就会变得很糟糕。因为你老了而不再爱你的人，当然也不值得你爱。但是，你无节制地吃东西，把自己弄得愈来愈糟糕，这可是你不自爱在先，怪不得别人。

有些女孩子才二十多岁，看来却像三十多岁。她们不是无节制地吃东西，而是无节制地喝酒、交男朋友、过夜生活。你不爱自己，你又有什么资格埋怨别人不爱你？

假如你的男朋友毫无节制，每天只管吃和睡，不肯工作，只爱赌钱，因此债台高筑，要你为他去借高利贷，他甚至吸毒，你依然会爱他吗？

无论你曾经多么爱他，你也会死心。是他首先不自爱，怪不得任何人。假如他爱你，也不会这样伤害你。

他无权怪你撇下他，事实上，是他首先撇下你，他违背了承诺，在感情的道路上，他自己选择了另一个方向。

我们要么就相亲相爱，要么就分手，没理由一起堕落。

你爱谁，谁就是你的王子

这年头，谁还会等白马王子出现？世上根本没有白马王子，也没有白雪公主。那不过是童话故事，要是你相信，是你傻。

王子是有，也是没有。你爱谁，谁就是你的王子。

你的王子不需要身高一米八三，不需要长得帅，不需要很富有，是你用爱把他变成王子，是他对你的好使他成为你独一无二的王子，是你们之间的默契和幸福使他成为你今生今世的王子，是你同他之间的款款深情使他成为快乐王子。

于芸芸众生之中，我们相遇相爱，我们为对方停下了匆促的脚步，再三回首。路再难走，始终舍不得放开你。为什么只有你能够进驻我心，一直到底？为什么我只愿意对你敞开我自己？爱若非我们为彼此戴上的闪亮的冠冕，又是什么？

直到一天，我们都老了，齿摇发白，牢牢握住彼此的手蹒跚地走路，我们也还是戴着漂亮冠冕的老王子和老公主。

你适合结婚吗？

女人对适婚年龄都很敏感。什么年龄才是适婚年龄？大概是从二十七岁或二十八岁开始吧？一旦到了三十五岁或三十六岁，就不是适婚，而是过了适婚年龄。好些女人结婚的原因是："已到了适婚年龄。"

我觉得很奇怪。适婚年龄是谁定下来的？世上没有适合结婚的年龄，只有适合生育的年龄。女人过了三十岁，就成为高龄产妇。到了更年期，就不能生育。然而，如果你不打算要孩子，根本就不必在适合生育的年龄结婚。医学进步，四十岁生头一胎也不是问题。到时候，人生阅历多一点，经济条件好一点，也许更适合带孩子。

女人并没有适婚年龄，只有适婚心态。没有法律说三十岁就一定要嫁人。若心境未成熟，对感情的态度也未成熟，还是不要结婚的好。女人常常以为男人在婚后会改变，又以为婚姻是两个人的事。结婚之后，她才知道婚姻并非她想象的那样。不如等你经历多一点，再去结婚吧。

男人既没有适婚年龄，也没有适合生育的年龄。只要他够强壮，他到了九十岁还是可以生孩子的。

男人也需要有适婚的心态，但他们更需要的，是适婚的银行存款。

没钱？没工作？没男友？没关系！

　　刚刚大学毕业的 J 和 K，仍然找不到工作，又被男朋友抛弃，手上仅余的钱，也不敢乱花。但 K 比 J 乐观。K 相信，希望在明天。

　　没钱、没工作、没男朋友，虽然很惨，还不至于是世界末日。

　　没有明天，才是世界末日。

　　有一位女读者每年书展都带着一束漂亮的花来找我。今年，她告诉我，她妈妈最近遇到意外丧生了。这个漂亮的女孩子以前有很多感情问题。现在，她愿意用所有这些痛苦和烦恼来交换她妈妈的生命，也不可能。她妈妈永远不会回来了，现在只剩下她爸爸、弟弟和她。她要负责家务。她说："我现在才知道洗衣服和做饭是很辛苦的。"

　　比起生命，钱、工作和男朋友又算什么呢？你曾经以为那个痛苦好比一块大石头那么大，多少年后，当你经历更多，你会发现，那个你曾经以为很大的痛苦，不过像一颗红豆那么小。然后，你会微笑承认，你有时候把事情看得太严重了。

　　只要还活着，而且有梦想，明天，你会找到工作、男朋友和钱。

太老而又太年轻

有否发觉，你已经太老去犯一些错误，却又太年轻去得到一些好处。

你很想退休，逍遥自在，但是你太年轻了，还没储够钱。

你很想有很多钱，但是你比别人迟出道十年，形势不同了，你干的这一行，赚钱不及从前容易，都怪你太年轻。

你很想变得豁达，什么都可以一笑置之，但是你太年轻了。豁达，毕竟是需要一些时间的。

你很想受到尊重，有点江湖地位，对不起，你太年轻了，等你老一点再说吧。

你以为自己年轻，却又已经太老去犯一些错误。

你不会再像十七岁的时候那样，不顾一切地去爱一个人。二十七岁的你，一点也不老，却知道不顾一切之后，没有人会替你收拾那个烂摊子。

你已经太老去私奔和暗恋别人，虽然你还不过是二十八岁。

你已经太老去只要爱情，不要面包，虽然你才不过二十九岁。

你已经太老去跟一个不会跟你结婚的人谈恋爱，虽然你才三十岁。

你已经太老去伤害身边的人。因为，你过去经历的事使你明白，让爱你的人伤心，那是很不负责任的。

你已经太老去被人骗财骗色。

你已经太老去说任性。

你已经太老去做第三者。

如果时间变换

　　有时候，我们会想，如果时间变换，或许，我会爱上这个人。他出现的时间太早了，我不懂得欣赏他。若干年后，当我成熟了，当我的经历多一点，或许，我会喜欢像他这一类人。

　　然而，许多年过去了，我们才知道，即使时间变换了，我还是没法爱上这个人。从前不会，现在不会，将来也不会。

　　那个时候的想法，委实太天真了。自己不爱那个人，偏偏又安慰自己，也安慰他说："只是时间不对罢了！"

　　这都是骗人的。

　　要是我爱你，时间也要为我改变。

　　当我们说时间不对的时候，是我爱这个人，而我身边或他身边却已经有另一个人了。

　　时间变换了，我们早一点相识，一切便会不同。

　　历史不可以改写，那么，将来有一天，他身边的那个人，或我身边的那个人消失了，换了光阴，换了地方，说不定我们可以厮守。

　　对时间感到遗憾，是因为我们相爱。

　　遇上自己不爱的人，而他偏偏那样好，只是有点可惜而已，没有什么遗憾。

　　对不起，老实告诉你，时间变换，我还是不会爱上你。

我不会等到那一天

有人会说："虽然他心里爱着别人，但我会一直等他。"

既然他爱着别人，为什么还要等他呢？

他们回答说：

"因为爱呀！"

我永远不会等一个不爱我的人。这种等待，谁知道要等多久？谁知道会不会有完美的结局？

为一个不值得的男人等待，是浪费青春。为一个爱我的男人而等待，才是有价值的。

常常有人问："我还要等下去吗？我身边有许多诱惑。"

那你到底有多爱你等的那个人？

所有身边的诱惑是不是比不上遥远的思念？

等一个不爱自己的人，是愚蠢的。他并不知道你在等他。即使知道了，他也只会怜悯你，甚至无动于衷。

我为什么要等你呢？你甚至不会思念我。

在加西亚·马尔克斯所著的《霍乱时期的爱情》一书里，阿里萨等他所爱的女人费尔明娜等了五十三年七个月零十一个日日夜夜。当他们终于可以亲热时，两个人都已经鸡皮鹤发了。我决不会让自己等到这一天。即使是等自己最爱的人，我也只能等到我的皮肤失去弹性之前。如果你爱我，你不会舍得让我等到那一天。

三十四天

男人跟女人同居了十年，结婚三十四天以后，女人另结新欢，向男人提出离婚。

男人悲痛地说："才不过三十四天，三十四天她就变心了。"

如果她不爱你，三十四天和三十四年有什么分别？

如果她跟你在一起三十四年才不爱你，不是更难受吗？

"不。"男人说，"如果有三十四年那么长，还比较好受。"

无法接受，只因来得太突然，和时间无关。

一段三十四年的婚姻破裂了，我们觉得惋惜，却也相信人生就是这样。

一段三十四天的婚姻破裂了，我们却呼天抢地。这不也是人生吗？

长和短毫无意义，爱与不爱才有意思。

我只想告诉男人，一段三十四天的婚姻变成这样，问题绝不在这三十四天，而是三十四天以前那十年的同居生活。

不要自欺，那十年也一定有很多问题，只是，男人不察觉，也不承认，女人拖拖拉拉，将将就就地结婚，以为可以有一个新的开始。

婚姻从来不能用来挽救一段破碎的爱情，破碎的爱情只能得到破碎的婚姻。

另一种人生

曾否有一刻，你想要过另一种人生？

做着另一份工作，在另一个圈子，拥有另一些朋友，也谈另一段恋爱。

另一种人生，也许不会比现在快乐。然而，有那么一刻，你很想知道，你的另一种人生会是什么光景。

想要过另一种人生，并不是厌倦了现在的生活，而是了悟人生的短暂。既然那么短暂，只过一种人生，会不会很乏味？一生只有一个身份，好像也太沉闷了。

忽然明白，为什么有些人会把生活分成日和夜，白天是一个人，夜晚又是另一个人。其中的经典，是小时看过的一部电视剧，忘记了剧名，主角是个医生，白天他是仁心仁术的医生，到了夜晚却是个变态的杀人魔。

可是，要是长期过着双重性格的生活，成了规律，也就等于过着一种人生。

我们害怕的，也许是千篇一律的日子。

千篇一律的日子是最安全的，也最枯燥。换了另一个身份，是很刺激的，却也是危险的。

想要过另一种人生，也许永远只是想想罢了。

上帝很会掷骰子

假如让你现在掷一次骰子，重新开始你的人生，你会想要从几岁开始掷骰子？是二十五岁，十五岁，更早之前，或者晚些？

一听到这个游戏，大部分人会兴奋地想要回到几岁重新开始；然后，我们也许会笑笑说："还是不要再掷一次骰子了。"

即使能够从十五岁开始过另一种人生，而不是今天这一种，也不能保证会比现在快乐，那又何必再来一次？

再掷一次骰子，另一段人生，同样会有不快乐，也有痛苦、沮丧和失望。当时我们觉得很难受，今天回首，没有从前的痛苦，又怎会长大？我们宁愿继续长大，也不愿从头再长大一次。

要是能让你在遇到他之前再掷一次骰子，你又愿意吗？新的人生里，或许不会和这个人开始，从来没开始，也就没有想念的折磨与离别的痛苦。

可是，你也许还是甘心情愿放弃再掷一次骰子的机会；即使再掷一次，还是坚持要遇上他。

我们的骰子是上帝掷的，我们没可能掷得比上帝更好。

天意不是我们可以控制的；而命运，是天意与选择的结合。我们有选择的自由，也要承受选择的结果。遇上了你，快乐和痛苦，既有天意，也有抉择，你是我短暂生命里重要的一章，无论结果如何，我还是宁愿遇上你。

图书在版编目（CIP）数据

后来我学会了爱自己 / 张小娴著 . — 长沙：湖南
文艺出版社，2018.12
ISBN 978-7-5404-6093-8

Ⅰ . ①后… Ⅱ . ①张… Ⅲ . ①散文集—中国—当代
Ⅳ . ① I267

中国版本图书馆 CIP 数据核字（2018）第 165743 号

上架建议：畅销·散文

HOULAI WO XUEHUILE AI ZIJI
后来我学会了爱自己

作　　者：张小娴
出 版 人：曾赛丰
责任编辑：薛　健　刘诗哲
监　　制：毛闽峰　李　娜
特约策划：张　璐
特约编辑：王　静
营销编辑：杨　帆　周怡文　霍　静
装帧设计：梁秋晨
封面插画：[西]Gemma Capdevila Vinaja
插　　画：[美]Pascal Campion
出版发行：湖南文艺出版社
　　　　　（长沙市雨花区东二环一段 508 号　邮编：410014）
网　　址：www.hnwy.net
印　　刷：北京中科印刷有限公司
经　　销：新华书店
开　　本：880mm×1270mm　1/32
字　　数：160 千字
印　　张：9
版　　次：2018 年 12 月第 1 版
印　　次：2019 年 6 月第 2 次印刷
书　　号：ISBN 978-7-5404-6093-8
定　　价：48.00 元

若有质量问题，请致电质量监督电话：010-59096394
团购电话：010-59320018